義妹生活 7

三河ごーすと

插畫 Hiten

Kadokawa Fantastic Novels

Happy Valentine!!

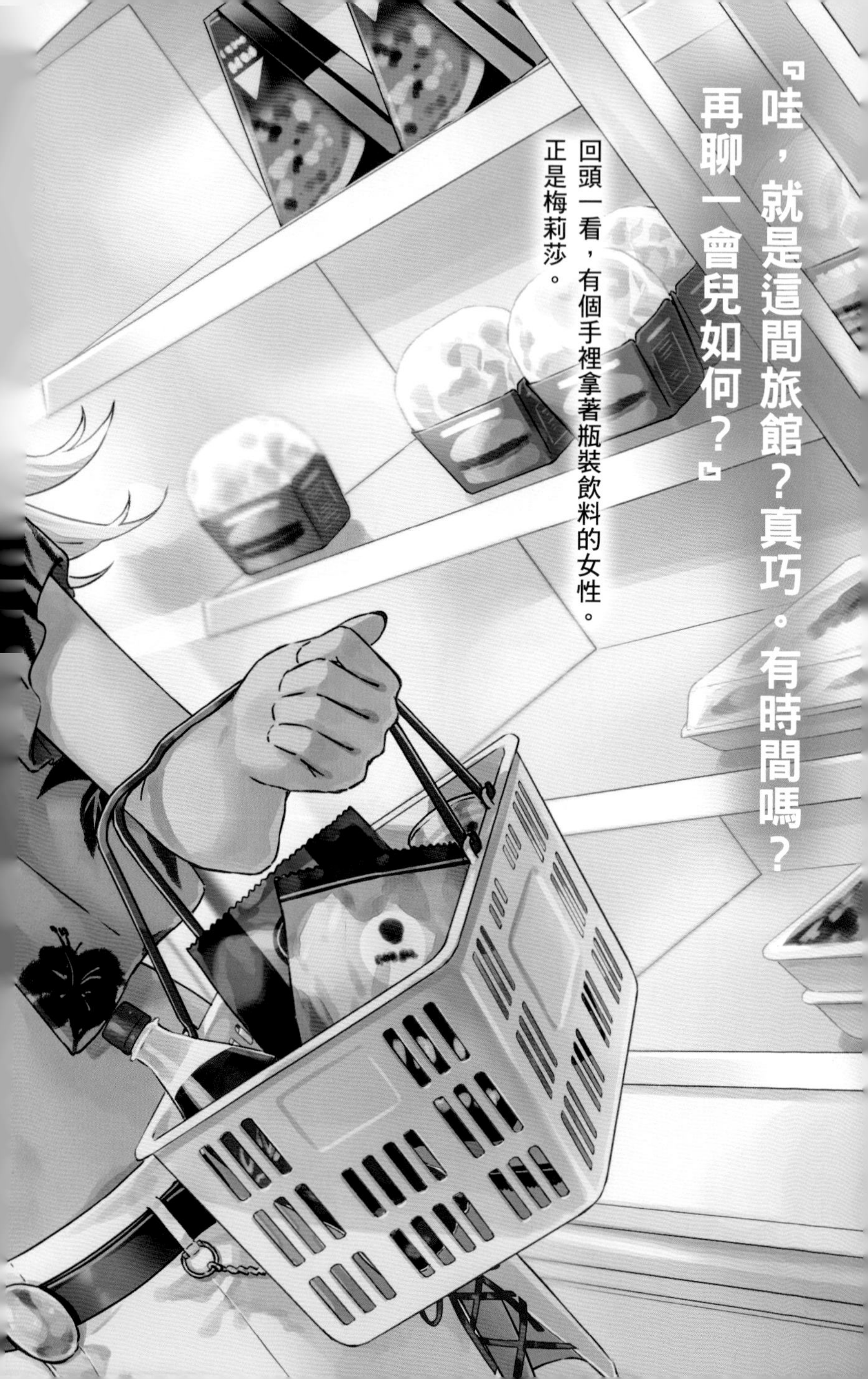
『哇，就是這間旅館？真巧。有時間嗎？
再聊一會兒如何？』
回頭一看，有個手裡拿著瓶裝飲料的女性。
正是梅莉莎。

「呃……」
她懷裡的籃子，裡面滿滿都是飲料、洋芋片一類的東西。
Melissa
梅莉莎

在異國等待你

兄妹間有關出國的對話

修學旅行已經決定
要去新加坡了，
你還有什麼想去的國家嗎？

不用搭飛機也能
去的國家吧……

呃，沒有吧。暫時把
不想搭飛機這件事忘掉。

嗯……
美國吧？

為什麼？

像是紐約或洛杉磯啦，美國感覺就是走在文化最前端。

不錯耶。想看好萊塢標誌？

我想親眼看一次。包含周圍風景在內，我覺得這很浪漫。

喔，你對這種東西感興趣啊？原來如此。

妳想去哪個國家？

德國、法國、埃及、秘魯，還有……

好多啊。

我想看看古城和古代文明的遺跡。

啊～因為妳喜歡這些東西嘛。

我想飛去很多很多國家，看看各式各樣的文化遺產。

為了陪妳出國旅行，得克服飛機才行呢……

不用勉強沒關係喔？

咦？

我的興趣是我的興趣。
勉強你奉陪就不對了吧？

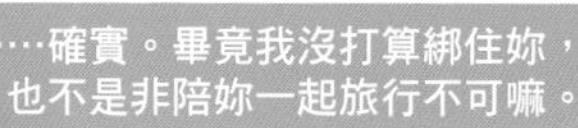

原來如此……確實。畢竟我沒打算綁住妳，
也不是非陪妳一起旅行不可嘛。

就是這麼回事。
我們用自己的方式面對旅行就好。

說得也是。

不過……

嗯？

我也想多安排一些適合我們一起去的
旅行……像是國內旅遊之類的。

……嗯，
就這麼辦。

義妹生活 7

三河ごーすと

插畫 Hiten

Kadokawa Fantastic Novels

Contents

Days with my Step Sister

即使在一億人裡找不到心意相通的對象，也一定能在七十七億人裡找到。

序幕　淺村悠太

濃霧終於散去的2月12日，星期五早晨。

就在我以凍僵的手打開鞋櫃準備換上室內鞋時，有人向我搭話。

「早安，淺村。」

回頭一看，我的朋友丸臉上掛著神祕的笑容。

「丸，早安。今天沒晨練嗎？」

「起霧所以改成室內練習，提前結束啦。不過，你果然沒有半點猶豫呢。」

「咦？」

完全聽不懂他在講什麼的我，當場愣住。

「這話是什麼意思？」

「我是說，你就和平常一樣，毫不在意地打開了鞋櫃呢。」

「當然要開吧？」

「如果是平日的話。不過……你瞧。」

丸所看的方向，站著一個隔壁班的男生。我發現，他在打開鞋櫃前稍微猶豫了一下，打開後又輕輕嘆了口氣。

「今年的2月14日是星期日吧？」

「啊～原來如此。」

2月14日是個重要的節日，這點我當然曉得。

情人節。

在基督教圈子裡，似乎會在這天送禮物給重視的對象，這個習俗也傳來日本。不知為何，傳到日本時卻被定義為女性送巧克力給男性的日子。近年這方面的規矩似乎變得比較寬鬆（或者該說恢復原貌），就連日本也開始有人單純將這天當成送禮給親友的日子，不問彼此的性別或有無戀愛關係。

既然週日不到校，那麼要送情人節巧克力，也就只能是週五或週一了吧。

「鞋櫃裡或許會有情人節巧克力，所以打開時照理說會在意，是吧？然後呢，我毫不在乎地直接打開鞋櫃……」

「就是這麼回事啦。」

「不過啊，真的會有人把巧克力放進鞋櫃嗎？」

至少在我的人生裡，我從來沒有在鞋櫃裡發現巧克力的印象，也沒聽過身邊有任何人碰過這種事。現實不是創作，在衛生觀念發達的現代要贈送食品，不管怎麼想都不適合放在鞋櫃裡。高中男生鞋櫃的衛生狀況更是糟糕透頂。如果放的是信或許還有點可能。

「這麼說的確沒錯，不過淺村啊，像你這種從衛生觀念去設想情人節實際狀況的思維，可不怎麼普遍喔。」

「是……這樣嗎？」

「一般來說，即使心知肚明也還是會懷抱一絲希望。就算抱持著『應該會有……不，一定會有女生喜歡我』的念頭也不奇怪。」

「這很奇怪吧？」

「奇怪的是高中男生。所以這並不奇怪。」

「你這是詭辯吧。」

大概是因為走到教室的途中都在聊這些吧，我下意識地環顧周圍。想確認教室裡的氣氛是否和平常有所不同。

以結論來說，可能因為水星高中注重升學，所以浮躁的情緒不算明顯，沒什麼學生露骨地聊情人節話題。

不過，一整天下來，還是能看見女生在午休時間互送友情巧克力、女性朋友多的男生收到巧克力等景象。

反過來說，班上許多人都知道他們有在交往的男女，倒是意外地沒在教室裡送巧克力。

這是為什麼呢？

告知放學的鐘聲響起，坐在我前面的丸轉過頭。

「怎麼啦，淺村？你今天的表情有點怪喔。」

「有點怪……居然會讓坐在前面的人這麼講，我到底露出了怎樣的表情啊？」

「哲學家的表情。」

我又不是蘇格拉底、柏拉圖、尼采或沙特。

而且，我也沒那麼多煩惱。

「沒思考什麼大不了的事啦。早上我們不是聊到情人節話題嗎？」

「你不像是會因為沒收到巧克力就鬧脾氣的人。」

「那種事我不在意。我只是在想，就連那些公認的情侶，也沒有當著大家面前光明正大地送巧克力耶。」

聽到我這麼說，丸顯得很傻眼。

「淺村啊，你有沒有自覺到，這幾句話透露出你的深層心理認為交往中的情侶就該在人前你儂我儂？」

「哪有這回——」

話說到一半，我的腦海就浮現老爸和亞季子小姐的臉。

也對。說到我近來最常見到的恩愛男女，就是他們了。

「——或許是。」

「喂喂喂，淺村，你認識的情侶會一找到機會就在人前擁抱或接吻嗎？」

「沒見過他們光明正大這麼做就是了。不過就算真的有，我也不會驚訝。」

雖然不曉得老爸和亞季子小姐約會時會不會光明正大在路上接吻，不過挽手臂散步之類的倒是不足為奇——儘管以兒子的立場來說，我實在不太願意去想像這種畫面。

「你是不是洋片看太多啦？真要說起來，還在讀高中的男女光是並肩而行就會有人起鬨啦。那麼明顯的親密接觸，一般來說都會覺得害羞吧。」

「害羞……啊，對喔。」

我自己和綾瀨同學沒這麼做，會不會也是因為不好意思呢？

感覺有可能，但又覺得理由不太一樣。

我突然想起新年在老爸家鄉發生的事。

對祖父表明自己的意見之後，我回到房間鑽進被窩裡，接著綾瀨同學把手放到我背上，對我說：「謝謝你，悠太。」

對於綾瀨同學成為妹妹一事，我沒有任何不滿。沒錯，得知自己在祖父面前大放厥詞被聽到，儘管有點不好意思，我卻也很高興能夠讓她知道自己心底真實的想法。

即使擔心被親戚看見、即使老爸他們隨時有可能從大廣間回來，綾瀨同學依舊來到身邊碰觸我、對我說了那句話，讓我感受到她的心意。

雖然說，到頭來綾瀨同學沒再多說什麼就回到自己的被窩，要在心頭小鹿亂撞的情況下睡著依舊費了我好一番力氣。

即使可能被看見，也要在極為接近的距離碰觸彼此。我在想，綾瀨同學為什麼會做出這麼危險的舉動。儘管這不像她的作風，同時卻也讓我感受到光明正大碰觸彼此所帶來的喜悅。

深層心理。丸提到的詞，在我的胸口盤旋不去。難道說，我的心底深處，希望就算在人前也能毫無顧忌地親密接觸？而且，表面上還是會感到害羞？

「淺村，有人來找你嘍。」

聽到丸這麼說，我抬起頭來。

走廊上有個女生探頭往教室裡看。

是綾瀨同學的朋友，隔壁班的奈良坂真綾同學。她向我招手，於是我和要去參加社團活動的丸道別，然後走出教室。

「奈良坂同學，找我有什麼事？」

「過來這裡。」

我被帶到樓層邊緣，沒什麼人用的樓梯底下的倉庫前。

綾瀨同學在那裡等待。

「從昨天開始，真綾就吵著要和我一起在學校把東西拿給你。」

「拿給我……是指？」

把我帶來這裡的奈良坂同學，笑嘻嘻地看著我。

「你也不希望只有我在學校把東西拿給你惹來妹妹的嫉妒吧？來，這個！」

接過她先前藏在背後的小包裹，我才明白為什麼要特地把我帶來這種地方。

「這是情人節禮物喔～」

「我是這個。雖然不是什麼大不了的東西。」

綾瀨同學也拿了個小包裹給我。

不在家裡交給我，特地帶來學校？雖然腦袋裡還是會閃過這種念頭，不過她應該是招架不住奈良坂同學的要求吧。

「呃……謝謝。」

雖然這種禮物會令人猶豫是否該當場拆開，不過某些情況下有所回應比較能讓送禮者開心。所以我姑且問了一聲。

「可以拆嗎？」

「行啊～放心，裡面沒有什麼情書啦。」

奈良坂同學點點頭這麼說道。但這也是理所當然的吧。

「那麼，我先拆奈良坂同學的。」

奈良坂同學送的，是市面上那種看包裝就會聯想到情人節送禮用的巧克力。甜度偏低，包裝上還特地寫了個大大的「人情」。

「沒有誤解餘地，不折不扣的人情巧克力喔～」

「謝謝。標示得一清二楚的人情，讓我可以不帶任何誤解地安心收下。」

「對吧？我真了不起！」

接著我拆開綾瀨同學送的。

一拆開就看得出不是一般市面上賣的那種，而是費了一番心思的手做巧克力。正確說來是松露巧克力，所以或許該稱為巧克力糖果。表面還撒上了茶色的片狀物體。

「妳特地為我做的啊。」

「怎麼可能？市面上就有賣這種狀態的，我只是撒上去而已。」

「好棒喔～沙季，這個很費工吧～法式薄餅脆片（Feuillantine）也是妳自己做的嗎？」

「喔～」

「妳們說Fe……什麼？」

「Feuillantine，就是這些撒在圓形巧克力上的東西，商標名稱有很多種就是了。把可麗餅的麵糰弄得很～薄很薄再烤，然後弄得很～碎很碎。」

「原來如此。類似把硬煎餅壓碎那樣啊。」

「唔、嗯……是這樣沒錯。但是你這麼一講，情人節的浪漫氣氛瞬間就被老奶奶的樸素茶點蓋掉啦，所以拜託別這麼說。做得真好耶～」

「該不會，昨天晚上廚房燈亮著就是因為這個？」

「嗯……是啊。這點小禮物，兄妹之間也是會送的吧？」

雖然綾瀨同學這麼表示，不過我很難判斷這話是真是假。說穿了，這還是我第一次收到親手做的巧克力，所以我不知道一般來說這麼做是出於怎樣的感情。

更何況，從奈良坂同學的反應看來，應該費了不少工夫。

「這種東西沒什麼大不了啦。」

儘管嘴上這麼說，綾瀨同學依舊別過了頭，似乎是有些不好意思。奈良坂同學瞄了她一眼，小聲對我說道：

「不錯嘛，淺村同學。該不會，你意外地是個很強勢的肉食男？」

「呃，我完全聽不懂妳在說什麼。」

為什麼收到人家花心思做的巧克力就要被當成肉食男啊？我實在搞不懂奈良坂同學的思考模式。

「你們在講什麼啊？」

「我們在說沙季妳很努力。不過嘛，有個淺村同學這樣的哥哥，我想妹妹自然也得

好好努力嘍～」

「我又不是因為淺村同學才……」

「是～嗎～唉，也罷。嗯。那麼，任務算是達成啦！沒事了，你可以回去嘍，哥哥！」

「是是是。」

「那麼，淺村同學，晚點見。」

綾瀨同學說著就轉身快步離去，很符合她的風格。被丟下的奈良坂同學，則是在離開之前又跑了回來。

「馬上就要校外教學了呢。」

「我會幫忙你們，讓你們能一起逛！」

沒搞懂奈良坂同學這句話用意何在的我，只能輕輕點頭。

「咦？一起？」

「和沙季分開會寂寞對吧？」

「沒、沒關係，不用那麼費心。」

「別客氣啦～你是第一次和可愛的妹妹一起旅行吧？」

關於一起旅行這點，雖然回老爸家鄉時已經實現，但如果提起這件事，恐怕很難避開和綾瀨同學之間額外發生的種種。看奈良坂同學笑嘻嘻的模樣，讓我有點擔心她是否已經注意到我和綾瀨同學之間的關係有所變化。

儘管應該有勉強蒙混過去，不過她們離開之後，我發現自己居然在冬天還滿身大汗，顯然剛剛相當焦慮。同時，我注意到自己並不排斥奈良坂同學的調侃，反而有點高興，或者該說心癢。

這也就是說，我心中的喜悅之情壓過了害羞。如果是這樣，那我究竟是為什麼要克制和綾瀨同學之間的親密接觸？

離開樓梯下方之前，我試著拿起一顆松露巧克力放進嘴裡。

先是表面脆片的酥脆口感，接著巧克力漸漸在口中融化。

甜味從舌尖向外蔓延。

2月14日（星期日） 淺村悠太

早上，八點七分。

由於是週日，所以我起得比平常晚了一點。

從窗外斜向灑進來的陽光，照得洗手台的水龍頭閃閃發亮。我忍著呵欠，將水龍頭握把轉到「暖」那一側後往上提。

我跺了跺接觸冰冷地板的赤腳，用逐漸變溫暖的水清洗睡意惺忪的臉。

然後打開通往起居室的門，道了聲早安。

「早安，悠太。」

「早呵～悠太。」

老爸他們顯得很悠哉。亞季子小姐似乎還有點想睡。

兩人好像都吃過了，餐桌上擺著我和另一人的早飯，都用保鮮膜包著。菜色是漸漸成為淺村家常態的組合，火腿蛋、沙拉、味噌湯。主食是吐司，但老爸超愛亞季子小姐的味噌湯，因此形成這種奇妙的搭配。習慣之後覺得反正好吃就行了。

「怪了？綾瀨同學她——」

「還在睡喔。」

「會不會是用功到很晚啊……」

或許等她醒來一起吃比較好。畢竟一個人吃飯也不怎麼香。

「她不曉得什麼時候才會起床，你就先吃吧。」

「這樣啊。那麼……我開動了。」

「我這就幫你熱味噌湯喔。」

「謝謝。」

我將吐司放進烤麵包機，用微波爐稍微熱一下盤子裡的火腿蛋並拿掉保鮮膜，再端著火腿蛋和剛烤好的吐司坐回平常的位置。最後接過人家幫我熱好的味噌湯。

「那孩子啊，甚至在起居室打瞌睡呢。當時她還戴著耳機，就連我下班回家都沒注意到。」

我一邊咬著吐司，一邊聽亞季子小姐講綾瀨同學昨晚的狀況。

從事調酒師工作的亞季子小姐就算提早下班，到家時也已過了凌晨三點。

也就是說，綾瀨同學用功到這麼晚？

當時她似乎戴著耳機，還抱著攤開的英語教科書。幾天後就是校外教學，這個時期活動接連不斷，很難抽出足夠的時間念書。不過，當下我單純只覺得她好認真。

綾瀨同學會在起居室睡著，相當罕見。考慮到先前她就算待在家裡也不會這麼鬆懈，想來這表示她多少比較信任我們了吧。

老爸和亞季子小姐再婚，她們母女搬來這個家，已經八個月了。我也很高興看見她習慣自己是家裡的一分子。嗯，反正我吃慢一點，她應該來得及起床吧。

「我開動了。」

先把醬油滴到火腿蛋上面，再用筷子把火腿蛋夾到吐司上。這個時候，最重要的就是要把蛋放到麵包中央，避免弄破蛋黃。

像這樣準備完畢後，就從邊緣慢慢地咬起。

一路咬到中央，理所當然會碰到上面的蛋黃，帶有雞蛋滋味的液體便和酥脆的麵包一同入口。不讓一丁點蛋黃滴落的吃法，正是這種搭配的美妙之處——

「悠太你的吃法，和太一一模一樣呢。」

「噗！……咳、咳！」

「唉呀，糟糕。來，喝水喝水。」

一個裝了水的杯子遞來。

「謝、謝謝……」

「不客氣。吃得太急會消化不良喔。」

亞季子小姐笑盈盈地在我對面坐下，以手托腮。

「呵呵。你們吃東西的模樣，真的好像。」

「這、這樣啊。」

儘管我毫無自覺，不過或許真是這樣。雖然，我平常根本不會特別去觀察老爸的吃相。

這時候，亞季子小姐突然拍了一下手。

「對了對了。今天是情人節呢～」

「呃……嗯。」

「所以說——來，這個！」

剛剛為了準備早餐而在餐桌附近走動時，我有注意到亞季子小姐平常坐的位置好像擺了什麼東西……一個精心包裝的小盒子。亞季子小姐把它遞給我。

仔細一看，上面纏著緞帶，顯然是禮物。

我誠惶誠恐地道謝。這大概就是世間所謂人情巧克力的最後一道防線——媽媽巧克力吧。

沒想到能在這種地方體會到自己有了母親。正當我再三打量包裝時，起居室沙發傳來老爸有氣無力的聲音。

「我呢……？」

老爸似乎還沒收到。

不過，椅子上好像只有這一個。

亞季子小姐拉開放著給我那份巧克力的椅子，讓老爸看見椅子上什麼都沒有，同時「欸？」了一聲。

「咦～」

聽到老爸可憐兮兮的聲音，亞季子小姐輕輕吐舌。

「呵呵，騙你的。有啦。」

說著，她起身打開冰箱，拿出一個白色的方形盒子遞給老爸。

老爸接過盒子放在腿上，然後興沖沖地打開，裡面是巧克力色的蛋糕。

「這是巧克力戚風蛋糕喔。」

「妳特地為我做的呀？」

「難得的節日嘛，不享受一下豈不是很虧嗎？甜度有好好控制，我想最近開始在意腰圍的太一也可以安心把它吃完喔。」

「哈、哈哈哈。饒了我吧，別說出來嘛。」

被戳到痛處的老爸搔了搔鼻子。真是的，這個人怎麼看都和所謂的大男人主義剛好相反，快要落在窩囊的邊界上了。對他的評價因人而異。在我的親生母親看來不及格，但是在比我生母寬容的亞季子小姐眼裡應該及格吧。雖然亞季子小姐感覺連分數都不會打。換句話說，對一個人的評價、人與人的關係，就是這麼曖昧。

不過，沒想到亞季子小姐會配合老爸的口味親手做蛋糕。這份體貼以及勇敢挑戰新料理的態度，和綾瀨同學實在很像。該說不愧是母女嗎？

「我再幫你沖杯咖啡，順便拿刀叉和盤子。」

「啊，那個我來就好。」

「謝謝你，太一。」

「要道謝的是我。情人節快樂，亞季子。」

2月14日（星期日）　淺村悠太

「嗯，情人節快樂。」

兩人深情對望，視線交融。簡直就像巧克力一樣。

我想起丸說的話。他問我，是不是覺得交往中的情侶就該在人前你儂我儂。

確實是你儂我儂。雖然不是在外人面前，而是在家人面前。

我繼續吃剩下的吐司，避免看向廚房。

補習班上午的課結束，到了午休時間。

我走出補習班所在的建築，到附近的便利商店買午飯。

一穿過眼前打開的自動門，便看見門旁顯眼的架子上擺滿了紅色包裝的物體。

從上到下都是情人節巧克力。

最上面擺著聯名商品，合作對象是連我也聽過的知名高級店（買一粒巧克力的花費能夠買兩三個飯糰那種），一些年紀和我相當的女生圍在那裡。此時一名看似上班族的人插進去，硬是帶走了底層裝有五十個單粒包裝巧克力的大袋子。大概是要拿到職場發吧。

我從櫃子前通過，往店內深處移動。好啦，要吃什麼呢？考慮到該為下週校外教學留點零用錢，短期內我希望節省一點。

既然如此——這個吧。

我從冷藏架上拿起一個鹽味飯糰，走向自助收銀機。

接著老老實實排在一位高個子女生的後面。

「啊，我結完帳了，請……喔？居然在這種地方碰到你。」

轉過身來空出收銀機的女生，正好是和我在同一個補習班上課的熟人。

「藤波同學。」

「真巧。啊，抱歉打擾你結帳了。」

「沒關係。」

我掃完條碼，以智慧型手機的行動支付軟體付款，準備將飯糰扔進掛在肩上的背包時猶豫了一下。

看見我有些遲疑，藤波同學開口了。

「要在補習班吃的話，我可以幫你拿。」

她順手打開塑膠袋。

袋子裡有幾個三明治，還有麵包、咖啡牛奶等。

「呃……謝謝。那麼，袋子我來拿，可以借我裝嗎？」

「區區一個飯糰重不到哪裡去。不過嘛，如果這樣能讓你舒坦一點的話，就麻煩你嘍。」

我把飯糰丟進去，然後從藤波同學手裡接過袋子。

我們就這樣走出便利商店，回到補習班的休息室。休息室裡擠滿了同樣要吃午餐的補習班學生。

找到空位之後，我們並肩坐下。

我拿出自己的份，隨即把袋子還給藤波同學。

「謝謝。」

「哪裡，我才要謝謝你幫忙提。」

藤波同學將買的東西拿出來，接著仔細地將袋子折起來當成塑膠墊鋪到桌上，再把三明治和咖啡牛奶擺上去。

或許是察覺到我直盯著瞧的視線了吧，她抬起頭。

「喔，這單純是我的習慣。吃完之後我會把它拿來當垃圾袋。」

「啊，抱歉。我不該盯著看的。」

「沒關係沒關係。話說回來，我有個純粹基於好奇心的問題。呃，如果覺得很難回答可以當沒聽到。你剛剛要把鹽味飯糰放進背包時猶豫了一下，是怕食物在背包裡被壓扁嗎？」

「喔……嗯，應該不太一樣吧。雖然不曉得講了妳會不會明白就是了，其實我在書店打工。」

「原來如此？」

看她的表情，這是「兩者之間有什麼關係？」的「原來如此」。

「打工時，我偶爾會感受到壓力。」

「好比說，接待顧客時遇到很爛的客人？」

「這個也包含在內，不過我個人最討厭的還是偷竊。遺憾的是，不管我們多小心、準備多少對策，做這種事的傢伙永遠不會徹底消失。」

「店內不是還有監視攝影機嗎？」

「『懷疑客人』這件事本身就會帶來壓力，因為這些客人原本對我們來說應該是很寶貴的存在。不過，開始打工後，人家有教我怎麼分辨這種可疑人物。」

「喔？這種事還有訣竅啊？」

「我也是聽前輩講的，不確定是否普遍適用。前輩告訴我，目光不要離開那些拿著結實大背包的客人，還有包包沒拉上就走進店裡的客人。」

「像是運動背包之類的？」

藤波同學瞄了一眼我腳邊的背包。

「沒錯。如果是塑膠袋之類的就看得見裡面裝什麼，柔軟到形狀會隨著內容物改變的袋子也能簡單看出裡面有什麼。」

相對地，波士頓包或手提箱這種硬式提包，就算塞進一兩本書，從外面也看不出來。如果有人拿著沒拉上的包包走進店裡，把書放進去之後才拉起來並離開原地，要看出有問題也很難。所以前輩才特別叮嚀，一見到這種客人就要牢牢盯著。

不過，「懷疑他人」這種行為，本身就會為心靈帶來沉重的負擔，會慢慢侵蝕人的精神。

「喔，我懂了。就算已經付錢把東西買下，放進包包之後依舊看不出它到底結完帳了沒有。當然，只要有拿收據就不會造成問題，然而就算沒做壞事，依舊會在意旁人的眼光。」

我用力點頭。

「所以，要在店裡把東西放進背包，會讓我有點抗拒。但是只為了一個飯糰就花錢買塑膠袋，感覺也不太對勁。」

沒想到藤波同學會看穿我那短短一瞬間的猶豫。如果她沒開口，我走出店門時大概會把飯糰和收據都握在手裡吧。

「能夠理解。不過，沒想到你午餐居然只吃這麼一點。食量真小。」

「下週要校外教學，我只是先省點錢下來。」

「校外教學。挑在這麼冷的時候啊。」

「時間……這我就不清楚了。我們學校似乎每年都辦在這個時候。」

我也不清楚這是不是普遍現象。

這麼說來，國中時好像是辦在三年級的夏初。可能因為水星高中以升學為重，判斷辦在高中三年級的夏天會影響考試吧。

「要去哪裡？京都那邊嗎？」

「新加坡。」

「居然要出國啊。」

聽到她讚嘆的聲音，讓我有點不好意思。這一帶的都立學校，校外教學地點選在國

外應該不算稀奇。

「有點羨慕耶。」

藤波同學就讀的學校，似乎連校外教學都沒有。

「不過嘛，就算我們學校有，我也不曉得會不會去。要是有這種錢，我大概會把它花在大學的學雜費上面吧。」

我還不至於遲鈍到會說出「真辛苦啊」之類的話語表達同情之意。我敢打賭，藤波同學聽到這種話也不會高興。

她在這方面和綾瀨同學很像。

「因為不甘心，所以要是進了大學之後手頭變得比較寬裕，我一定要經常出國旅行。我想到處跑，與各式各樣的人邂逅。」

「如果彼此能溝通，應該會很有意思吧。」

「在我看來，只要懂英語，這種問題總會有辦法解決的——淺村同學不太擅長外語嗎？」

「我對英語會話沒什麼自信啊……」

「真意外。你的成績明明很好。」

我可不覺得背了一堆考試用的英語就能和人家對話，何況我平常沒怎麼碰聽力教材。這麼說來，亞季子小姐好像有講，綾瀨同學昨晚就是念英語念到睡著。

「藤波同學能用英語和人家對話？」

「還行。」

「真厲害啊。」

「該說環境使然吧。這點值得慶幸。」

之前聽藤波同學提過，她目前和她稱為「阿姨」的養母同住。然後呢，受到她那位阿姨關照的外國人裡，也有東南亞出身而常用英語的人，藤波同學去對方經營的個人餐廳玩時，似乎常用英語交談。

「其實我一開始聽不太懂人家在講什麼。長期相處下來，自然而然地就變得能說了。」

「住在寺廟門口的小孩就算沒學過經文也會讀經，是嗎？」

「熟能生巧吧。出國旅行時，也有些需要會說當地語言才能得到的收穫……雖然只是我自己這麼想啦。不過嘛，對話看似成立和雙方溝通正常與否是兩回事，專注在對話上也可能導致遺漏某些東西。」

「比方說？」

「只顧著講話而忘了注意其他地方。像是時間。」

藤波同學迅速將吃完後的垃圾裝進塑膠袋裡，並且把袋子打結。

仔細一看，休息室已經見不到其他吃午飯的身影。我看了一下手機顯示的時間才慌張起來。下午的課再過兩分鐘就要開始了。

「原來如此。」

「好啦，動作不快一點會遲到的。補習花的錢不能浪費。」

快步在走廊上移動的同時，我在想——即使如此，能夠對話帶來的好處應該還是比較多吧。

補習班的課結束了。我走出建築時，太陽已經下山。

我用綾瀨同學送的圍脖遮住領口，騎自行車趕往澀谷站前的書店。吹過臉頰的風很冷，光是眨眼就會有淚水。這個時間就凍成這樣，打工結束回家時，不曉得會有多冷？或許還是別在隆冬夜晚騎自行車比較好。

我將自行車停到停車場之後，走了一小段路進入有暖氣的建築，這才安心地喘口氣。接著我就這麼往書店的辦公室移動。

我換上制服，走到賣場。先大致巡一遍，確認架上書籍的庫存量與平台書籍的銷售狀況。

「喔～後輩！」

打工前輩讀賣栞——讀賣前輩出聲喊我。

她還沒換衣服，應該是剛到吧。

「晚——不，該說早安？」

「為什麼要在晚上說早安啊？」

「前陣子讀賣前輩妳講的呀。說是業界都這樣打招呼。」

「……啊～對喔對喔。你好認真啊，費爾普斯（註：電視影集「虎膽妙算（Mission Impossible）」裡的團隊首腦Jim Phelps，當時譯為「龍頭」。該系列後來改編為電影「不可能的任務」）老弟。」

「那是誰啊？」

畢竟她是讀賣前輩，八成又是小說或什麼作品裡的人物，令人頭痛之處在於，她拿來用的時候完全不在乎別人知不知道出處。

「嗯，是誰呢？還有，這段記憶會自動消滅。」

「不能隨便消滅吧？」

換句話說她根本沒打算記住。

「哼哼哼～咦？妹妹呢？」

「她剛剛下班。」

綾瀨同學是從早上十點到晚上六點的全天班，我上工正好她下班。我想，她應該已經換好衣服了吧。

由於校外教學時應該會用到積蓄，所以從一月的後半開始，綾瀨同學都會在假日排比較長的班。相對地，這種日子她就會早點下班。

也因為這樣，我們打工時間重疊的日子變少了。

我在走回辦公室的途中，為讀賣前輩大致說明了一下。

「喔，校外教學啊。真不錯，好羨慕喔～」

「所以，下週我們都沒有排班。」

「你們不在，戰力就要下滑啦。還好，這個月比較閒。校外教學啊，好好喔。不像我，差不多得考慮找工作的事了，你們好～奸～詐～」

「抱怨我們奸詐也沒用啊……不過，沒想到讀賣前輩也會為了找工作煩惱。」

「『不過』是什麼意思啊？」

「感覺妳是那種會說『工作和興趣是分開的，所以什麼工作都沒差』的人。」

「這倒是沒錯。反正做什麼工作都能讀書。」

果然。

「不過就算是這樣，想要穩定攝取書本還是得滿足前提，聰明的我對這點一清二楚喔。欸欸，後輩你覺得我適合做什麼工作啊？」

讀賣前輩指著自己的鼻子說道。

「如果是前輩妳，感覺做什麼工作都能有所成就。」

「你捧我也沒好處喔？」

「有什麼期望嗎？」

「嗯～要就這樣在書店就業呢，還是進出版社呢？不然乾脆去開直播或當藝人賺大錢好了。」

拜託不要一本正經地搞笑。

「我覺得妳都做得到耶。」

2月14日（星期日）　淺村悠太

說到這裡，我回頭又想了一下。身為一個會定期被顧客告白的美人，還是月之宮女子大學出身的才女，搞不好她連最後開玩笑補上去的藝人都能勝任。

「全都**做得到**是嗎……」

她意味深長地嘆了口氣。

「唉，也罷。要煩惱以後再說。不過，既然沙季不在，代表今天得由我和後輩站收銀台嘍。不過嘛——」

站在辦公室前的讀賣前輩，掃視了一下店內狀況。

「——這個時期應該還算閒就是了。」

「是啊。」

明明是週日，店裡卻不會顯得擁擠。

日本的二月，是環境劇烈變動的時節。可能是需求受到氣候影響而萎縮吧，一般認為二月是東西難賣的時期。書也不例外，除非是週週暢銷的老牌漫畫雜誌或人氣屹立不搖的作品、作家出了新書，否則銷售量往往很慘澹。

只有極少數的書蟲是例外，一旦喜歡的作家出新書，就算是大考當天照樣看。他們的父母大概也很無奈。

「那就這樣嘍。後輩，今天也要麻煩你多關照啦。」

讀賣前輩揮揮手，進了更衣室。

至於我，則是去辦公室露個臉，向店長打招呼。如果有什麼需要做的事，會在這個時間交辦。不出所料，店長希望我在收銀台那邊比較閒的時候幫忙搬要退的貨。盤商假日不送貨，退貨和進貨會一起處理，換句話說有很多裝滿退書的箱子需要解決。

說穿了就是肉體勞動。我答應之後便走到賣場。不到一個小時，方才在店裡晃來晃去的學生和上班族都已不見蹤跡，到了很閒的離峰時段。清理完成堆的退貨之後，就算回到櫃台，也沒有客人要來結帳。我看向時鐘，離下班還有大約一小時。只有我和讀賣前輩寂寞地站在收銀台。

實在是撐不下去。

「好閒喔！」

「的確很閒。」

「欸欸，後輩，回到先前的話題。你們校外教學要去哪裡啊？」

於是我把白天對藤波同學講過的內容搬出來對讀賣前輩也講一遍。

地點在新加坡，為了旅行要存零用錢。如果能和當地人交談應該會很有意思，但是

我對會話能力沒自信。當然，我們聊天時音量很小，一旦有客人來就會立刻回應。

話又說回來，平均每十分鐘才有一個人來結帳，會想要閒聊也是難免。

「校外教學和情人節。到處都青春洋溢啊。」

「先前的對話裡有提到情人節嗎？」

「今天這麼冷清，我想應該能當成澀谷街頭只剩下情侶的證據。」

「偏見太重了……」

「後輩你有拿到巧克力嗎？」

「咦？啊，呃……這個嘛，有拿到家人給的，差不多就這樣。」

把綾瀨同學和亞季子小姐歸類在家人，應該沒有錯吧。只有奈良坂同學那份是朋友的人情巧克力。這麼說來，我和藤波同學聊天時連情人節都沒提到，嗯，我和她之間的距離感大概就是這樣吧。

不管怎麼說，被讀賣前輩拿這件事調侃還是會不爽，因此我隨便敷衍了一下。

到了下班時間，我回到辦公室。

此時讀賣前輩提著百貨公司的袋子來到辦公室，看來她正好也到了休息時間。她從袋子裡拿出紅色小盒子，遞給坐在最內側辦公桌前的店長。

「店長，這是義務巧克力。」

「喔，謝啦，讀賣小妹。」

義務？不是人情？正當我疑惑時，讀賣前輩已經向店長一鞠躬，朝這邊走來。接著她一樣從紙袋裡拿出紅盒子遞給我，並且小聲說道。

「來，這是人情巧克力喔。」

盒子和她拿給店長的完全一樣。

我聽了很納悶。

「義務和人情的差別在哪裡？」

「包含的心意？」

「為什麼要在這裡用疑問句啊？」

「所以說，差別在於其中包含的心意啦。」

這個小盒子裡到底包含了怎樣的心意啊？

「愛情？」

「果然又是疑問句。」

「寫成人情，讀成『love』。」

「這種假借用法實在太勉強了。」

「前輩我只是想利用後輩排解一下找工作的壓力呀。」

「這樣離職場霸凌只有一步之遙喔。還有，麻煩別把後輩當成治癒系商品。」

「人家也想出國旅行啦～哭哭。欸，後輩，要不要雇用我當你們校外教學的地陪呀？」

「如果英語會話能力無礙，我建議妳進外商公司。」

「應該還沒到『無礙』的程度吧～我們系上也沒那麼多英語能力優秀的人啊～雖然閱讀能力不可以差就是了。」

「是這樣嗎？」

「因為最新的論文大多是用英文啊～基本上呢，尋找論文的時候，都要先閱讀大量的摘要(Abstract)——也就是把論文內容精簡過後的濃縮版本，然後才去看論文原本的內容。」

「哈哈，原來如此。」

「說穿了，這些摘要也都是英文。因此，要先閱讀大量的英文摘要，然後才去讀好長好長的論文正文。所以啊——」

光是聽她講這些，就讓我感覺英文字母在腦袋裡轉個不停。

「純以文章而言，多數學生都有閱讀長文的能力，這是理所當然的。還有，那些能夠進研究所的人，日常對話通常不成問題。不過，一般大學生就很難做到這種程度。雖然工藤老師照樣滿口英語就是了。她啊，明知大家討厭聽到英語，卻說什麼考慮把研討會改成都用英語交談，還奸笑著說下次定期考試的題目和答案都要用英文呢～」

讀大學聽起來真辛苦。還是說，單純是那位老師特別怪？

我在表達同情之餘，也向讀賣前輩請教精進英語會話能力的訣竅。

「我也沒辦法給什麼好主意啊。唉，大概還是熟能生巧吧。」

她的結論和藤波同學一樣。

「有些一流的外商公司，規定筆試的題目和答案要全部用英文喔！」

「真的假的啊？」

「所以說，我建議後輩你至少要掌握一種外語比較好喔。而且，看得懂外語就能直接讀翻譯前的原書。你可以比別人先看到那些有可能改編成好萊塢電影的科幻作品！」

「喔喔！」

「而且，如果你能對話——」

「能對話……」

「就可以即時和各國的科幻迷交流！」

「喔喔喔！」

「而且找工作也派得上用場……或許吧？」

「喔、喔喔……」

不知為何結尾虛掉了。

提供了寶貴建議之後，讀賣前輩回去工作。

我則是下班回家。

我將自行車停到停車場，穿過公寓的大門。

此刻是週日晚上，所以照理說沒有這麼做的必要，但我還是習慣性地看了一下信箱，確認空無一物之後才搭電梯到自家所在的樓層。

我在開門的同時，輕輕說了聲：「我回來了。」

「你回來啦。」

「咦？妳在這裡念書啊。」

綾瀨同學待在起居室，桌上攤著寫滿英文的教科書。

「你以前說過，換個地點可以轉換心情。然後呢，我也想轉換一下心情。嗯，偶爾這樣還不錯。」

「很高興能幫上妳的忙。還有，我回來了。」

「嗯。」

綾瀨同學拿掉耳機，站起身來。

「要吃飯嗎？」

我點點頭，並且向她道謝。

和往常一樣，老爸已經睡了，亞季子小姐則是出門工作。

準備將運動背包放回房間時，我突然想到一件事。於是我拿出讀賣前輩送的人情巧克力，將它放進冰箱。雖說現在是冬天，不過巧克力放在冰箱應該還是比放在開了暖氣的房間來得好。

「那是……」

綾瀨同學看著我手上的東西，輕聲問道。

「喔，讀賣前輩給我的。她說是人情巧克力。」

我把已經放進冰箱的紅色小盒子拿出來給她看。

「啊。」

「嗯？」

「不，沒什麼。我只是在想，原來大學生已經有錢到可以買名牌巧克力當人情巧克力……這是人情巧克力對吧？」

「至少似乎不是義務。」

「那是什麼意思？」

「大概是讀賣玩笑吧。」

綾瀨同學表示她不太明白是什麼意思，不過說實在的，我也不敢保證自己能夠完美解讀讀賣前輩的思維模式。

只不過對她來說，難解的謎語和難懂的玩笑似乎會歸在同一類。

我把運動背包放進房間之後，回到餐桌前。

「熱好之前先等一下喔。」

「沒問題。」

趁著綾瀨同學加熱中午剩下的奶油燉菜時，我去拿餐具並盛飯。

當我拿著飯碗坐到椅子上時，餐點正好端上桌。

「謝謝。」

「不客氣。稍等一下喔，還有一個。」

「嗯？」

我看向眼前她幫我準備的晚餐。

主菜是中午剩的奶油雞肉燉蔬菜，主食是白飯，另外還有海苔和涼拌羊栖菜。夜色已深，老實說這樣綽綽有餘了。

「咚」一聲，一個小瓶子擺到我眼前。

「……七味粉？」

「對。這樣就齊了。」

「咦？」

搞不太懂。我是醬油派，如果海苔需要調味，加點醬油就夠了。

「甜點太甜了，我想你可能會想吃點辣的。」

「不，這樣看起來已經夠好吃了……」

「別客氣，盡量用。那麼，我繼續念書了。」

說完，綾瀨同學便轉身走開，拿著文具回到自己房間。

我稍微想了想。

該不會，其實奶油燉菜和七味粉很合，只是我不曉得？

於是我試了一下，並沒有特別好吃。

綾瀨同學的神祕行徑就這麼劃下神祕的句點。

2月14日（星期日）　淺村悠太

2月14日（星期日） 綾瀨沙季

些許金屬聲在耳邊迴盪，我花了一點時間，才發現那是關門的聲音。

我微微睜眼，看向枕邊的鬧鐘。

08：54。

啊，快要九點了。不過今天是週日，就算慢慢來也……

——不行！

因為我十點開始要上全天班。

完全睡過頭了！我踢開被子。冷空氣瞬間裹住身軀，凍得我不停發抖。我克制住把手伸向空調開關的衝動。此刻連伸手的時間都不能隨便浪費。

「一、二、三！」

我喊出聲讓自己打起精神，一鼓作氣脫掉衣服。

平常，我會在被窩裡操縱空調，等到房間變暖才換衣服，然而現在這麼做絕對來不及。即使途中沒有浪費半點時間，能不能趕在開工前十五分鐘抵達也是個未知數。而且前提是我沿路都用跑的。

我一邊在腦中描繪該走的路線，一邊對照眼角餘光所瞄到的電子鐘數字，同時手和身體也都沒停下來。由於此刻就連考慮穿搭都是浪費時間，所以我決定以平常記在腦袋裡的標準裝扮出門。

我將飾品類塞進運動背包——因為這些可以留到打工地點的更衣室再戴上——然後衝進洗手間。

我一邊趕著刷牙，一邊檢查頭髮。嗯，沒有亂翹。啊，我還是希望能在房間裡擺一面大鏡子！洗完臉之後，則是確認肌膚的乾燥程度。如果會在意，就要上一些保濕的化妝水，然而今天早上看來不需要。畢竟我有睡飽。或者該說睡得太熟了。讀賣小姐之前還嚇唬過我，說到了上大學的年紀，保濕會變得不可或缺。

回到房間後，我確認手機、錢包、其他各種小東西都沒漏掉，隨即披上外套。我打算全程用跑的，所以將圍巾、手套都放進背包，然後衝出房間。

「沙季。」

聽到聲音，我轉過頭去。

太一繼父拎著汽車遙控器，從沙發上站起身說道：

「我開車送妳。」

——不能因為自己睡過頭給別人添麻煩。差點用這個理由拒絕的我，連忙把話吞回肚子裡。

「呃……得救了。那麼可以麻煩您嗎？」

「當然。」

看見他喜出望外的表情，反倒讓我覺得心被扎了一下。

和繼父一同趕往公寓停車場的途中，我一直在思考。

「生父才是父親」這種想法，在我腦中淡薄到連我自己都會驚訝。然而，直到不久之前，淺村太一這個人對我來說都還只是「媽媽的丈夫」。

淺村悠太也一樣。只是單純住在一起。

不過，正月訪問淺村家時，太一繼父和淺村同學都很努力當我和媽媽的緩衝，要讓我們母女能夠融入整個家族。

當時我就在想，等到同樣的情況發生在我身上，我也要為太一繼父和淺村同學好好努力。

換句話說，就是要做些更像一家人的事。

彼此已經不再是外人。

太一先生是我的爸爸。

我唸咒語似的呢喃，並且坐上爸爸的車。

「安全帶有繫好嗎？」

對喔。

正月時似乎也有特地確認這點。我連忙試著把身子往前探，立刻被安全帶壓回原位。

「繫、繫好了。」

「那麼，要出發嘍。到書店前面就行了吧？」

「對。」

車子加速，我的背壓在座椅上。平常就算跑步也需要十來分鐘的路，開車連五分鐘都用不到。這麼一來應該能輕鬆趕上。

「謝謝。」

「唉呀，反正晚點我也是要去接亞季子的，順路啦。」

「啊，媽媽是去買東西嗎？」

「沒錯沒錯，所以真的是順路。更何況，我偶爾也該表現得像個父親嘛。」

之所以故意這麼說，是為了避免讓我感受到多餘的壓力。這點我也明白。

好溫柔。媽媽真的找到了一個好人。

「即使如此——還是該表達謝意。」

能讓媽媽依賴的人。

我想，從太一繼父的角度看也是一樣。即使彼此已經成了一家人，也不是完全依賴對方，而是互相扶持。

之前淺村同學好像也說過。

要善加拜託別人。

我過去一直刻意避免這麼做。

已經是半年以前的事了。

背後，淺村家所在的公寓逐漸遠離。當時，我和媽媽搬進去還沒有多久。淺村同學為了我，特地向打工前輩尋求建議。

沒錯，提供建議的應該就是讀賣小姐。

「沒問題，趕得上。」

「咦……啊，是。」

我以雙手搓揉臉頰。接下來要面對客人，怎麼能繃著一張臉呢？我想，我現在的表情應該很難看。

「只是那個……剛好想起了一些多餘的事。」

太一繼父顯得有些疑惑。

抱歉，我給了個奇怪的回答。

「呃……妳很用功呢。昨天好像也念書到很晚吧？」

為了打破有些詭異的氣氛，他換了個話題。

「啊，那個……我最近把重點放在英語會話上面。」

「英語會話啊。妳這方面不太行？」

「倒也不是——」

我不禁苦笑。

「雖然不能說擅長，但是還過得去。我只是在想，既然要去新加坡，多少該惡補一下。」

「喔，校外教學啊。快要到了呢。」

我點點頭。

「關於這個……準備考試也算原因之一就是了。然而現在會把時間花在這裡，真要說起來還是為了出國的時候能稍微講上一點。聽力部分，我原本就有在聽英語會話教材，所以聽得懂一些。只不過……」

太一繼父點點頭。

「原來如此。口說這方面，確實沒辦法只靠臨陣磨槍就應付過去。」

「果然是這樣啊。」

「可是，我覺得妳這樣也不壞。畢竟讀書不是只為考試。追根究柢，語言就是為了溝通而存在的，所以我認為，『想要試著在校外教學時和當地的人對話』是個很不錯的動機。」

我不太習慣被人家這麼直接地誇讚，所以有點不好意思。

「真希望可以再進步一點。」

「既然動機不是為了考試，那麼就算趕不上這次的旅行也無妨，以後妳應該還是能繼續下去的。」

「好。」

「但是，不能勉強自己喔。要是太常熬夜，亞季子也會擔心。」

他的聲音裡滿是關心，於是我點點頭。

「我會注意別太勉強自己。」

就在這個時候，車停了。我們已經抵達打工書店所在的建築前。

「好啦，路上小心。」

「那我走了——啊，冰箱裡有巧克力。上面貼了標籤，我想應該看得出來——上面寫著給爸爸。」

關上車門前，看見繼父再次露出欣喜的表情，讓我再次下定決心要好好珍惜這個家。

我努力工作，不知不覺已經到了下班時間。

於是我前往辦公室，告訴店長我要下班了。

店長對我說：「辛苦了，妳很努力喔。」

大概是因為差點遲到而心虛，所以我今天比較賣力吧。

沒想到會被誇獎，令我有點驚訝。

在更衣室換衣服時，我想到店長剛剛那句話，看來今天是個會得到年長者讚賞的日子。而且，都發生在我不覺得會被稱讚的時候。

這麼說來，打工夥伴裡也有些人會在休息時間發人情巧克力，雖然我對這種事沒什麼興趣，也不覺得有必要。

回想起來，店長一直沒告訴大家我是淺村同學的妹妹，雇用我時也願意讓我用綾瀨這個姓。

事到如今，我有點後悔。應該送他一份人情巧克力的。

然後，我對自己有這種想法感到驚訝。

我還以為，自己一直以來都過著和這種人情包袱無緣的生活——

就在我開門準備走出更衣室的時候，正巧碰上要進來的讀賣小姐。

「喔～真的剛好下班耶～差點就錯過了。」

「晚——不，早安，讀賣前輩。」

「是我不好，費爾普斯妹妹。」

「啊？」

2月14日（星期日）　綾瀨沙季

「我不會再要妳出什麼不可能的任務（Mission Impossible）了，可以正常地說『晚安』嗎？」

雖然不太清楚怎麼回事，但人家都這樣懇求了，我也不便拒絕。

「啊，好。晚安。」

「正要回家？」

「是這樣沒錯……」

讀賣小姐走過我身旁進了更衣室，然後對我招招手。她從肩上掛著的大號百貨公司紙袋裡，拿出兩個小包裹。

「來，分給妳。雖然只是糖果。妳要哪一種？」

「差別在哪裡？」

「這個是甜的。這個是辣的。」

會辣的糖果？

「這叫辣椒糖。朋友旅行回來帶給我的。」

喔，所以才說「分給我」啊。

不過，鹽糖倒還能理解（那個其實很甜），辣椒糖不是只有辣嗎？

「細節別在意，有趣就好！我以前啊，還收過榴槤糖喔。」

榴槤，是指某種氣味很強烈的水果？

「對。而且啊，那種糖果吃不到榴槤的美味，等於只有把榴槤的氣味包進去。在糖果完全融化之前，會痛苦得像是身處地獄一樣喔～」

「……辣椒的就好。」

甜的讓給別人吧。我對會辣的糖有點興趣。

「拿去。那麼，這樣就算賄賂成功嘍。我可不想待會兒引來妹妹的嫉妒，聽到什麼『只有哥哥拿到巧克力～』這種話喔。」

「才不會。」

誰會嫉妒啊？

也就是說……這樣啊。她也要給淺村同學巧克力，這樣啊。畢竟是職場同事嘛，這樣很合理。

「呃，那麼，我先下班嘍。」

「啊，聽說下週你們要校外教學？好好喔～要玩得開心喔。再見啦～」

「謝謝。那麼，我先走一步。」

走出書店，我才注意到。

2月14日（星期日）　綾瀨沙季

我有提過校外教學的事嗎？

穿過店內時，我看見淺村同學走到賣場。這樣啊，是從淺村同學那邊聽到的嗎？

接下來，他要和讀賣小姐一起工作……

今天是2月14日。回家路上，穿越澀谷街頭時，我多次和結伴同行的男女擦身而過。

這就是所謂的情人節約會嗎？

雖然聽真綾說，要約會就該挑週六。不過看來並非如此。好多人。

回到家之後，我久違地和繼父、媽媽一起吃了晚飯。

「謝謝妳的巧克力。很好吃喔。」

繼父一見到我就說謝謝。

媽媽有點無奈地表示，他還吃了一整個媽媽為他做的巧克力戚風蛋糕。

我是不是該送點熱量比較低的東西啊？

媽媽幫我熱了中午剩下的奶油燉菜，我一邊吃一邊想，淺村同學和讀賣小姐此刻不曉得在做什麼。

然後，我發現自己不太希望他們兩個待在一起。

原來我的獨占慾這麼強嗎……

這樣的念頭揮之不去，就算窩在房間裡面念書，我也完全無法集中精神。

我搖搖頭。這樣下去不行。

「換個環境吧。」

我刻意把這句話說出口，拿起文具和書本走出房間。

轉移陣地到起居室，繼續念書。

我戴上耳機，將多餘的噪音逐出腦裡，試著把注意力集中在英語上面。雖然傳進耳裡的內容和眼前攤開的教科書一樣，但我盡可能地嘗試在不看教科書的情況下去理解它。也就是說，不是將英語翻譯成日語，而是直接去理解原文。

畢竟，那些會講英語的人，照理說並不是一邊聽一邊在腦袋裡翻譯。

不過，說起來簡單做起來難。

唉，不行。這句俗語根本就不是英文。

呃，It's easy to say, hard to do.才對。say雖然easy，do卻是hard。

必須讓腦袋直接處理原本的英語。

……總覺得自己沒有do。

英語會話好難。

『既然動機不是為了考試，那麼就算趕不上這次的旅行也無妨，以後妳應該還是能繼續下去的。』

太一繼父的話閃過腦海。

追根究柢，語言就是為了溝通而存在的。為了理解別人的意圖與感情，並且將自己的意圖與感情傳達給對方……

不止考試，將來一定用得到。

不能只去做已經做得到的事。

集中精神之後，日語漸漸從腦袋裡消失。

可能是因為太專心吧，平常只要家門打開我就會發現，今天卻要等到起居室的門開了才注意到。

我抬起頭，話語倉促間脫口而出。即使如此，還是有好好說出日語，讓人體會到所謂的母語有多麼根深蒂固。

「你回來啦。」

肩上掛著運動背包的淺村同學就在眼前。他剛剛結束打工回來。

我拿掉耳機，從椅子上站起身來，並且瞄了一下桌上的手機確認時間。

啊，還不算太晚。

既然如此，代表淺村同學下班後是直接回家。

「要吃飯嗎？」

他點點頭，於是我開始準備。

幸好，太一繼父晚飯吃得少，燉菜還有剩。

淺村同學本來打算先進房間，卻不知為何又繞回廚房這裡。

他走向冰箱，從背包裡拿出某樣東西要放進去。我眼尖注意到，忍不住開口。

「那是……」

我盯著他手裡的東西。

當然，是巧克力。這也是理所當然的吧。畢竟讀賣前輩有說要送。

淺村同學看起來沒什麼動搖的樣子，對我晃了晃手裡的東西，說是讀賣前輩給他的。

包裝我有印象。

「啊。」

那是一小顆要價就和一個甜麵包差不多的名牌巧克力。還是高中生的我，實在沒辦法買這種巧克力做人情。

不小心問出：「這是人情巧克力對吧？」之後，連我自己都覺得好丟臉。與其說是確認，倒不如說是在暗示「不准有別的答案」。原來我的心胸這麼狹隘嗎？

讀賣小姐的臉閃過腦海。

『我可不想待會兒引來妹妹的嫉妒。』

這麼一來，不就和讀賣小姐的預測完全一樣了嗎？

我趕緊結束對話，專心準備淺村同學的晚飯。

除了奶油燉菜之外，我又從冰箱拿出涼拌羊栖菜，和海苔一起擺到桌上。

夜色已深。吃清淡一點減輕胃的負擔，應該比較好吧。

繼父就因為先吃了媽媽的蛋糕和我的巧克力，所以晚飯沒什麼胃口，何況淺村同學還有飯後甜點。

冰箱裡的紅色小盒子。

飯菜都端上桌之後，坐定的他對我說了聲：「謝謝。」但是我突然冒出這句話。

「稍等一下喔，還有一個。」

他一臉疑惑，接著我把紅色小瓶子放到他面前。

「甜點太甜了，我想你可能會想吃點辣的。」

還用這種話當藉口。

「別客氣，盡量用。那麼，我繼續念書了。」

我收拾書本文具，逃跑似的回自己房間。

坐到椅子上之後，我懊悔地抱著頭。

「啊……真難看。」

我看著桌上讀賣小姐給的糖果。然後拆掉包裝紙，把它放進嘴裡。

「好辣。」

真是的，我到底在幹什麼啊……

2月14日（星期日）　綾瀬沙季

2月16日（星期二）　淺村悠太

球砸在木紋鮮明的體育館地板上，發出沉重的聲音。

學生們穿著室內鞋猛力踩踏地板的腳步聲，也混在其中。

喊聲響起，打散了第五節體育課的慵懶氣氛。

「給我！」

某個男生奔向籃球架。

身軀壯碩容易給人遲鈍的印象，戴著眼鏡的他卻剛好相反，看上去充滿知性，只不過穿著一副經過鍛鍊的肌肉鎧甲。他是個才二年級就當上棒球社正捕手的男人。

「丸，拜託了！」

丸接住隨著聲音傳來的橘色籃球，一個假動作避開了籃板下敵隊球員的防守，更在雙方位置交換後膝蓋大幅彎曲，壓低身子。

下一瞬間，他解放蓄積的力量飛向空中。原先雙手拿球的他，順勢地轉為右手持

球，接著便和字面一樣把球放到籃框上面——

「休想得逞——」

在球即將離手時，防守球員拍中丸的右手。

尖銳的哨音響起。

「犯規！」

著地的丸面露奸笑。試圖阻止他的敵隊男生一臉懊悔。

漂亮投進得來的罰球讓比賽分出勝負後，丸喘著氣越過球場邊線。

「辛苦啦。」

「喔。其實我還能動就是了。」

相較於若無其事的丸，其他男生全都癱坐在地。「累死了～」的聲音此起彼落，教師則無奈地表示大家運動量嚴重不足。

體育館的另一邊，女生們正試著打排球，那邊也傳出疑似慘叫的聲音，而且音量很大。

最大聲最吵鬧的那個，當然就是綾瀨同學的友人奈良坂同學。

我剛剛好像聽到「手指斷了啦～」的聲音。大概是手指扭到之類的（如果真的斷掉，應該會鬧得更大），排球也是種相當殘酷的競技呢。

一直看著女生那邊的丸，突然開口。

「這麼說來，明天就是校外教學了呢。」

我不禁嘆氣。

對喔，明天這個時間我已經在飛機上了。

「怎麼啦？居然唉聲嘆氣。」

「我害怕。」

「啊？」

「丸，你知道飛機為什麼能在空中飛嗎？」

「因為白努利定律啊。只要能夠讓機翼上下兩側的空氣流動速度——流速出現差異，就會產生氣壓差。如果氣壓上低下高，就會產生往上的力。這就是白努利定律，能夠解釋升力的由來。簡單來說，就是透過適當條件讓機翼上下兩側的流速出現差異。製造流速差異的結構我也曉得……不過要認真說明會很麻煩。想聽嗎？」

「現在是體育課，所以就免了。」

這種東西我希望留到物理考試前再聽。

「不過嘛，就算知道自己能浮在水面上，人類依舊會害怕溺水。即使曉得讓心臟活動的肌肉是不隨意肌，人類還是會擔心它擅自停擺。這種事不講道理。」

聽到他笑著這麼說，我再度嘆氣。就是這樣啊。即使明白它的道理，我依舊無法完全接受。會怕就是會怕。

「一想到『如果飛機掉下來』……」

「雖然可能性不是零，但如果你要這麼說，明天天塌下來世界末日降臨的可能性也不是零喔。這就叫杞人憂天。」

「話是這麼說沒錯啦。」

不，天塌下來的可能性是零吧？

「要是每次搭電梯都擔心鋼索斷掉導致自己摔下去，心靈根本承受不住吧。」

「只要習慣就沒事。畢竟我是第一次搭飛機嘛。」

「有不安的念頭，就該想些快樂的事抵銷它。你就好好想像飛機降落後會有多少樂子等著你吧。」

「快樂的事啊……丸你有嗎？」

「嗯，新加坡有賭場嘛，一定要去見識一下。」

「呃，不行吧？」

賭場在新加坡並不違法，但是有年齡限制。未滿二十一歲禁止進入，會罰錢。

「這就難講了吧。搞不好明天就會修法，把未滿二十一歲改成未滿十七歲。」

「不會不會，不可能啦。」

真要說起來，如果新加坡在討論這種議題，好歹也該有新聞。

「不過啊，淺村。真要說起來，就算是大人，在日本賭博一樣違法。」

「是啊。」

「大家都做一樣的事，有人可以有人不行，這是為什麼？」

啊，糟糕。我心想。

大概要怪我扯什麼「飛機為什麼會飛」吧。丸一旦打開了開關，腦袋就會運轉得非常劇烈。

換句話說就是變得非常好辯。

甚至會讓他在體育課的休息時間談論法律話題。

「呃，就算你問我為什麼也……嗯，好比說，各國都有自己的立國基礎和發展歷史。」

以前，我曾經讀過這樣的科幻作品。

傳染病導致男性人口大幅減少，於是國家變成由女性治理，因此產生女性將軍的後宮，成員都是男性。換句話說，那個世界是一妻多夫制。

能夠讓這種法律成立，代表有需要它的理由。

在大多數場合，規則都需要相應的依據，否則無法讓該遵守規則的一方接受。

「這也就表示，社會規範並非絕對，一旦情況改變，那麼規則也會跟著改變，對吧？」

「應該是吧。」

「那麼，明天起年滿十七歲就允許自由進出賭場也是有可能的。」

「你跳太快啦。」

丸的思考跳得有冬季奧運滑雪大跳台項目那麼遠。

「這世界上沒什麼比年齡限制更曖昧的東西，淺村。實際上，我們這個國家的成人年齡直到不久前都還是二十歲。一口氣降了兩歲。」

「話是這麼說沒錯啦……不過二十一歲降到十七歲要調降四歲耶。」

「我想說的是——」

說著，丸站起身，撿起滾來的球。

他開始原地運球，雙手交互使用，靈巧地把球控制在手邊。這個人明明是棒球社的，卻連籃球也打得很好，這未免太不公平了吧？

我跟著站起身，伸出手試圖搶走丸的球。

丸向後墊步，和我拉開距離。

「我在這裡。球不會讓你搶走的。」

「看你那遊刃有餘的笑容能維持到什麼時候！喝！」

「可惜可惜。」

丸一個轉身背對我，避開我作勢伸過去的手。

直接用他壯碩的身軀擋住球。

「不公平。我要求讓分。」

「你在講什麼啊？上了球場大家就對等啦。」

「沒運動經驗的單挑有運動經驗的，我毫無勝算。」

「籃球不在我的管轄範圍內。我的經驗和淺村你一樣少。」

「運動神經有差啊，嘿——唔！」

我試著繞過去搶球，但是和我聊天的丸並未掉以輕心，我的手又揮空了。

一邊說話一邊打籃球還是太勉強了。

我雙腳站定，調整呼吸。丸也停在原地繼續運球。

「唉，總之淺村啊。」

「嗯？」

「我要說的呢，就是我無法接受『因為年輕所以要禁止』這點。」

這理由很符合丸的作風。

「你的心情我倒是能理解啦。」

「有些人因為賭博搞到身敗名裂。不過，如果這代表人不該賭博，那麼就算長大成人以後也該禁止。區區四年差距卻有人可以有人不行，我無法接受。」

你就那麼想去賭場啊？

「不是因為和菸、酒、藥品一樣，年輕時受到的影響比較大嗎？」

「對象若是小學生倒也不是不能理解。可是啊，我們已經十七歲嘍？」

說著，丸就開始往前方——有籃框的方向運球。

這樣啊，也就是說丸希望被當成大人看待嗎？

丸左右手交互運球。距離籃球架只剩不到五公尺。我拚命追上去試圖阻止。

然而，我追不到。

我伸出去的指尖劃過丸的背，但也就這樣了。

他大踏步向前，一步、兩步……

丸一個漂亮的伸展，將球送往籃框。

球畫出漂亮的弧線落向圓圈內。連金屬圓環都沒碰到，籃網「唰」地晃動。

慢了一拍才落地的球，在地板上彈跳數次後滾向牆邊。

「唉呀，淺村。總之我想說的就是，既然已經十七歲，那麼不管要毀滅或依存，應該都可以由當事者自己負責了吧？就這個意思。」

「我知道你想講什麼。可是，不管你搬出多少歪理，十七歲的我們還是進不了新加坡的賭場，而且——」

我一邊說話一邊喘氣。

剛剛，我在算丸上籃時走了幾步。

「——帶球走步，違例。」

「被發現了嗎！」

丸笑了。

「好啦。至於賭場嘛，是個玩笑啦。」

第六節課是班會。

花一整節課的時間，對校外教學的自由行動時間進行最終調整。

——名義上如此，實際上是閒聊時間。

雖說是全班一起討論，但是規劃總不可能拖到出發前一天。行程早已安排好，今天是要做最後的確認。

順帶一提，校外教學的自由行動時間以六人為一組。

基本上是男生三個、女生三個的混合編隊。

「然後……嗯，我們預定把重點放在第二天萬禮的動物園和夜間野生動物園（Night Safari）。至於第三天的聖淘沙島，只要不離開島上，應該可以隨各人喜好自由活動吧。要買土產也可以，要到處閒晃欣賞景色也可以。」

「丸組長幹得好！我們這一組規定寬鬆真是太好了～」

「畢竟我找來的都是這種人嘛。」

身為組長的丸咧嘴一笑，組員們紛紛拍手。我也覺得這樣比較輕鬆，說真的幫了大忙。我不太習慣配合其他人嚴守行程。

「還有什麼要事先決定的嗎？」

「喔，對了。手機的設定要多檢查幾次喔。如果之後收到高額帳單可就笑不出來了。當然，彼此要隨時保持聯繫。還有集合時間要嚴格遵守。」

包含我在內的組員都點頭表示了解。

於是，我們這一組的討論迅速結束，放學鐘聲響起，除了輪值打掃的學生以外全都無罪釋放。我也抓起書包趕往樓梯口。

雖說打工排休，但我還是怕漏了什麼東西，所以想早早回家檢查行李。

我到了走廊上。

空無一人。

每間教室都還沒有學生走出來。

不過，這條都是二年級教室的走廊充斥著喧囂。

聲音甚至傳到走廊上。我發現，大家似乎都還在討論之後幾天校外教學的事。整個學年都顯得人心浮動。現在就討論得這麼熱烈，難道不會在出發之前先累壞嗎？

回到家，我將已經裝進新行李箱的東西先全部拿出來，然後重新塞回去。

除了以學年為單位發下的校外教學隨身物品檢查表之外，還有各班自己製作的清單，丸已經將它們整合後放到雲端共享。

我單手拿著手機，將行李一一放進箱裡，同時在共享資料夾那份表格裡自己的欄位一項一項打勾。

這份檢查表反應了丸條理分明的性格，各項目都有標註重要程度。

現金、護照、手機的欄位，有「最重要」標記。

造訪新加坡如果是以觀光為目的不用簽證，有護照即可。

然而，如果護照即將過期就不行了，效期至少還要有半年以上。班導師提醒過大家這部分要檢查，當時也有不少學生點頭，表示這些點頭的人都出過國。

意外地多。我是第一次出國、第一次搭飛機，還在擔心飛機掉下去該怎麼辦，總覺得自己的人生經驗比別人少，讓我有點焦急。

就在思緒往悲觀的方向飄時，我想起丸的一句話。

『你就好好想像飛機降落後會有多少樂子等著你吧。』

我用手機搜尋新加坡的情報。這是在為明天做意象訓練。準備已經完畢，剩下頂多就是做這種事轉移注意力。

我就這麼看起電子書，直到綾瀨同學喊我名字的聲音傳來，我才抬起頭。確認一下手機時間，發現已經該吃晚餐了。

我隔著門回應，然後走出房間。

來到餐廳看向桌面，綾瀨同學已經把東西都端上桌了。

「抱歉，剛剛在看書沒注意到。」

我趕緊坐下，一個裝了熱騰騰白飯的碗隨即擺到面前。

『Let's eat!』

綾瀨同學帶著淘氣的笑容說道。

儘管有些困惑，但簡單的英語我好歹還是聽得懂。她說Let's eat。

「呃……」

我小心翼翼地問。

「開動？」

綾瀨同學再度微笑。

看來我的翻譯沒錯。印象中聽人家說過，英語裡沒有完整對應日語「開動」、「我吃飽了」的句子。『Let's eat!』的語氣似乎接近『來，咱們吃吧！』

綾瀨同學笑了笑，隨即改用日語。

「最近一個月都在專心練習聽和說，所以我想稍微試一下。」

「呃……？」

「要不要試試這段時間完全用英語交談？」

喔，原來是這樣啊。

「做得到嗎？」

『Let's try!』

嗯……反正就算丟臉，這裡也只有綾瀨同學一個人。也好。

「我、我知道了。不對，ＯＫ。」

我點點頭，綾瀨同學便輕輕一笑，然後突然切換成英語。

『Are you ready for your school trip?（校外教學準備好了嗎？）』

儘管遲疑了一下，不過在腦裡把單字一個個整理清楚後，大致上還是聽得懂。

我也翻找自己還記得的單字開口。

『Of course, I'm ready.』（當然。已經準備好了。）

『Where are you going in free-activity time with your friends?』（你們自由行動時間要去哪裡？）

『Ah……,we are going to Singapore Zoo in Mandai on the second day and Sentosa Island on the third day.』（呃……我們預定第二天要去萬禮的新加坡動物園，第三天去聖淘沙島。）

勉強試著答上來了。

我只能用簡單的字回答，很擔心純粹堆幾個單字出來還不夠。綾瀨同學講得很慢所以我聽得清楚，但是輪到自己開口時，和她一比就顯得自己很笨拙。

說著我才發現，當地的地名我都只記得日語片假名發音。實際的發音又是如何？

如果我在新加坡講「萬禮」或「聖淘沙」，當地人聽得懂嗎？好比說，搭計程車必須告知司機目的地時。

綾瀨同學又問了幾個關於校外教學的問題之後，把話題轉到當前餐桌。我一再拚命運轉腦袋，把聽到的英語在腦中翻譯成日語，然後堆幾個英文單字回答。

『Is dinner good?』（晚餐味道如何？）

『So good! Especially this……uh……AJI-OPEN is excellent!』（味道很好喔，特別是這個……竹莢魚乾超好吃。）

綾瀨同學噗嗤一聲笑了出來。

「抱歉我笑了。不過你居然說竹莢魚乾是『AJI-OPEN』！」

「因為我不知道英文的竹莢魚要怎麼講嘛。」

「竹莢魚是horse mackerel。」

綾瀨同學以漂亮的發音這麼說道。

「『HORSE MACKEREL』？前半是『馬』的意思？H、O、R、S、E？」

「沒錯，就是這樣拼。後半mackerel，是鯖魚的意思。Horse mackerel則是竹莢魚。」

「真容易搞混。」

「若是用鯖和鰺，外國人看來才容易搞混。只是我們比較熟悉漢字罷了。」

「這麼說也對。該不會，講到像馬的鯖魚，英語圈就會想到竹莢魚？」

呃，不過像馬的鯖魚又是什麼玩意兒啊？

「關於這點似乎有很多種說法。就我查到的範圍來說，就有前面冠上horse是『很像～』的意思、詞源是荷蘭語等，說法不止一種。我不知道哪一種才是真的。」

「原來不見得是指馬鯖魚啊。」

語言還真麻煩呢。

雖然也可以說很有意思。

「然後呢，竹莢魚乾則是horse mackerel, cut open and dried。」

「Cut open？剖開的意思啊。呃，也就是剖開之後曬乾的竹莢魚？」

「沒錯沒錯。」

「真虧妳知道這麼多。」

「其實，這是我剛剛熱味噌湯時查的。」

綾瀨同學露出孩子氣的笑容，揭露真相。

「反正，我本來就打算把和料理有關的英文都大致記住。每當意識到是食材或常買的東西時，我就會想是不是該查一下。如果要在國外下廚做菜，懂這些應該很方便吧。」

就算是這樣，一般來說也不至於連詞語來源都查吧。也不知是因為她太認真，還是因為她有追根究柢的習慣。

「該不會，妳有考慮留學？」

「如果有需要，或許吧。現在沒這個打算。」

2月16日（星期二）　淺村悠太

已經完全恢復日語了，我們就這麼繼續溫馨的家族聚會。

對話果然還是日語比較輕鬆。

「妳的英語發音好漂亮啊。」

「是嗎？」

「我這種應該是典型的日式英語，到了當地大概不管用。」

而且綾瀨同學對答的速度比較快。

這下子我又對旅行感到不安了。

說到這裡，綾瀨同學思考了一會兒之後開口。

「對答……有可能，是因為我在聽到英語時，盡可能試著直接用英語思考。不過也不需要那麼悲觀吧？」

「是嗎？」

「講英語的國家很多，所以好像也有很多人認為，出現各種口音是理所當然。或許用不著擔心。」

她這麼說完之後，就用「希望接下來幾天在新加坡能順利和人家溝通」總結。

我喝完了飯後茶。

儘管介意自己的拙劣發音，但我決定先別去管它。

丸也說了。好好想像飛機降落後會有多少樂子等著。

就在我們收拾善後時，老爸回來了。他說他等到早上再洗澡，要我們趕快洗澡睡覺。我們點點頭。

隔天四點就要起床，也不能洗太久。

我快快洗完重新放熱水，然後換上衣服。接著敲了敲綾瀨同學房間的門，告訴她浴室已經空出來了。

得到她回應後，我準備回房間，卻在此時想到一件事。

這麼說來，老爸和我用的潤絲精快沒了。

要是早點知道，我就會在採購旅行用品時順便買回來。

老爸吃完飯之後早早回寢室睡覺，亞季子小姐早已出門工作。

明天早上大概也沒時間告訴他們。

該留個字條嗎……

我把要講的事寫進便條紙，貼在餐桌上顯眼的位置。

2月16日（星期二）　淺村悠太

然後回到房間，起先是做「查詢目的地地名的實際發音」這種沒什麼用的垂死掙扎，但是查到一半分心去看電子書的壞毛病又犯了，不知不覺已經過了晚上九點。

我再次檢查明天要帶的行李，也確認過護照沒忘掉。

好，睡吧——正當我這麼想的時候，敲門聲響起。

「還醒著嗎？」

綾瀨同學小聲詢問。

儘管疑惑她這種時間來做什麼，我還是打開了門。

「可以來我房間一下嗎？」

「妳房間？」

她點點頭，我不由得把頭探出門外打量周圍狀況。

「快點。」

她輕輕抓住我的手，把我拉出房間。

雙親寢室的門還關著，只點了夜燈的起居室寂靜無聲。

在門和起居室的另一邊。

此刻，老爸已經睡熟。一個房間兩道門。隔了這麼遠，如果不大喊，他應該聽不到。話雖如此，但我們早已決定，父母在場時只當感情特別好的兄妹。

不，應該是在他們眼前。

既然如此，別被看見不就好了嗎？

——你是不是覺得交往中的情侶就該在人前你儂我儂？

沒錯，既然已經確認彼此心意，我當然會覺得該有點作為。

我被帶進義妹的房間。

她房間燈亮著，和先前一樣收拾得很乾淨。看似明天旅行要帶的紅色行李箱，就立在進門左手邊的牆壁旁。

我一進房間，綾瀨同學隨即關門上鎖。

正當我疑惑時，她已經把手伸向門旁的電燈開關。

輕輕的「喀嘰」一聲響起，日光燈頓時熄滅，只剩下殘存的螢光。

在身體輪廓隱約可見的狀態下，我背靠著門，全身緊繃。

距離近得能聽到對方的呼吸。

「淺村同學。」

「嗯。」

2月16日（星期二）　淺村悠太

我大概猜得到綾瀨同學想說什麼。

仔細一想，新年參拜之後，我們連手都沒怎麼牽。

我們回家之後依舊能見到面，也常常像今晚一樣同桌吃飯。

但是，屬於不同班級的我們，校外教學期間沒辦法同組。從明天開始，或許會連續四天想見面都沒辦法。

「接下來的四天，我們說不定完全沒辦法碰面。所以……那個……」

帶著猶豫的話語，從綾瀨同學的唇間逸出。

「慢著，我可以先講我現在的心情嗎？」

「那我也要。」

「呃，要不然，我們一起講？」

「嗯。」

我們輕聲說道。

「我想親妳。」

「我想親你。」

異口同聲，我們不約而同地笑了。

「從明天起就沒辦法做這種事了呢。」「是啊。」我們輕聲呢喃，臉頰貼近彼此。

剛洗過澡的綾瀨同學，身上散發肥皂的香氣，挑逗我的鼻腔。

微暗中，綾瀨同學以指尖輕觸我的胸口。

她髮絲的香氣，近到只有數公分之遙。

我下意識地將雙手放到她肩上。

這個行為，像是要確認她的存在，也像是害怕進一步的肢體接觸……

綾瀨同學也將手放到我肩上。

我靠著模糊的輪廓，索求她的嘴唇。

肩上的手稍微加重了力道，指尖感受到些許抵抗。我們以此為信號，遠離對方的嘴唇。綾瀨同學吐出的氣息，凍得我的大腦無法運轉。那副嬌軀緩緩遠離原本放在她肩上的手。於是我回過神來。

「晚安。」

「晚安……綾瀨同學。」

回到自己房間躺上床的我，在擔心無法入眠的情況下閉上眼睛。

2月16日（星期二）　綾瀨沙季

在上課鐘響十分前坐到位置上。

這是我上課前的例行公事。如果沒別的事，我會直接打開教科書、翻開筆記，平心靜氣等待任課教師到來。從上了國中以後一直持續到現在。

然而從高二開始，再也不會「沒別的事」了。

「沙季～～～」

真綾會像這樣跑來。

春天時她還會有些遲疑，但夏天、秋天都過去了，她始終不覺得膩。最近已經像這樣連個客氣、點頭、猶豫都沒了。為什麼呢？為什麼啊？

唉。

「要上課嘍。」

「妳在說什麼啊？」

「咦？」

「連預備鐘都還沒響喔。」

不，再過五分鐘就要響了，而且既然只剩五分鐘，不是得趕快準備嗎？

「妳在講什麼啊？我們明天就要去校外教學啦！」

咦，奇怪的是我嗎？

「這可是高中時代僅此一次的旅行喔？」

「是啊。」

「所以該充滿期待，不是嗎？怎麼可能坐得住嘛。就算興奮得手舞足蹈也不奇怪吧！」

「我覺得這很奇怪。」

「沒這回事！唉呀，沙季妳該多看看！看看世界有多遼闊！」

說著，真綾右手一揮，我則是順著真綾的手環顧室內。

教室裡到處都看得見同學湊在一起聊天。唔。真是的，已經要開始上課了耶……有六個人聚在一起，討論得特別熱烈。中心應該是新庄同學吧。視線相交時，他向我們這邊揮了揮手。

這動作不知為何讓我想到吵著要出門散步的小狗。

「新庄同學是組長，所以相當賣力呢。」

「啊，原來是這樣。話說回來，真綾妳居然連別組的事都知道啊。」

「班上的分組我全都記住嘍。」

這還真厲害。

由於沒什麼朋友，分組時不知該如何是好，所以在真綾來邀之前我都呆呆的沒反應。她和我完全不一樣。

不過，雖然的確令人期待，但是值得興奮成這樣嗎？

我一這麼說，真綾就誇張地嘆了口氣。

「唉〰〰」

「咦，有這麼嚴重嗎？」

「沙季，妳知道嗎？這次可是大家一起出國旅行喔？這是非日常，和同學一起生活，平常做不到的！在特別的環境，甚至有可能譜出新的戀曲……！」

「太誇張啦。」

「沒這回事！就像正義的夥伴都有良心迴路一樣，照理說少女迴路該是十七歲高中

女生的標準裝備！在異國譜出的……戀曲！以及別離！」

還要別離啊？

「萍水相逢的戀愛就是這樣嘍。知道『羅馬假期』嗎？」

「算是知道吧。」

大綱我知道。名作我大致上都有稍微了解過。

不過要說因此譜出的戀曲……我倒是很懷疑一趟旅行能讓這種東西發生又消失。我和淺村同學在同一個家生活了八個月，開始在意對方並對彼此告白心意花了五個月。之後又過了三個月，卻還是沒有什麼特別的變化。

不僅如此，我和淺村同學在校外教學的期間，距離反而比平常更遠了不是嗎？

距離會比現在更遠。這四天之間說不定連面都見不到。

真綾這幾句話，再次讓我意識到這一點，感覺心底有股鬱悶盤旋不去。一想到同班同學們會在我看不見的地方玩得開心……就讓我煩躁不安。

唔。不該有這種情緒。這樣不好。

換個方向思考吧。

校外教學應該有符合校外教學的玩法、有更純粹的享受方式。它原本的目的是教學

——傳授學問。

沒錯，校外教學應該更有學術性。

煩惱當退散。少女迴路該切斷。只要嚴守學生本分——用心向學，就不會感到焦躁不安了。說不會就不會。

「沙季，『小姐，要不要一起喝杯茶』用英語要怎麼說？」

咦？怎麼問這個？

我試著在腦中啟動英語對話模式。呃——

「……大概是『Young lady, why don't you drink tea with me?』吧。」

「嗯嗯。」

「妳想邀誰啊？」

「沒有想邀誰啊。不過，考慮到搞不好哪天人家對我這麼說，我覺得先學會比較好呀。然後，就用『很抱歉，我已經和別人約好了』拒絕對方。呀——！」

尖叫是怎樣啊？

真綾的妄想一直持續到任課教師開門把點名簿「咚咚」地敲在講台上為止。

最近，這已經是我們每天早上的例行公事了。

2月16日（星期二）　綾瀨沙季

放學後。

打工沒有排班的我直接回家——

「嗯……」

我走出校門，仰望白茫茫的天空。

陽光還很充足，日落時分尚遠。二月已經過半，接下來白天時間會愈來愈長。冬至時長到嫌煩的夜晚正一點一點地縮短。

梅花綻放後是櫻花，然後我們就要升高三——成為考生。

明天起就是校外教學，結束後春天便要造訪，到時候大概就得更專心念書了。今年夏天或許根本沒空去什麼泳池。

像是電影。

以及逛街。

大概都會因為忙著念書而沒空吧。

「畢竟是考生了嘛。」

這句話不禁脫口而出。

然後，注意到自己在想這些之後，我收回抬起的頭，嘆了口氣。

以前，我根本不會有想和別人出去玩的念頭。是受到真綾的影響嗎？還是——

我再度用力搖頭。

心情有點沉重。完全沒有明天就要出國旅行的感覺。

我看著已經成為通學必經之途的道路，靠到路旁避免妨礙行人。

我拿出手機，打開地提App顯示當前所在地。

嗯…………

明天就要出國……出國啊。

我在搜尋欄位輸入「大使館」。

於是地圖App上顯示各國駐日大使館的位置與地圖。

「啊，就在附近。」

距離當前所在位置不算太遠的地方，有「丹麥駐日大使館」。

我點擊該處確認路線。上面顯示，從離澀谷站很近的學校出發，走八幡大道，徒步十來分鐘可至，路程正好一公里。這段距離不是不能用走的，方向上來說離自家所在的公寓也不怎麼遠。

應該可以轉換心情吧。

雖然我也沒打算藉由拜訪大使館讓出國旅行的心情振奮起來就是了。

真要說應該算是預習？

如果真綾在場，大概會吐槽：「要預習不是該去『新加坡大使館』嗎？」不過從這裡徒步走過去似乎要花一小時以上，實在不是能隨意散步的距離。

所以我將目標訂為「丹麥駐日大使館」。

我沒往已成自家的淺村家所在公寓移動，而是先往南邊的八幡大道走去。越過首都高速公路澀谷線之後再往前。

雖說已經在澀谷附近住了很久，卻不代表我對這一帶的路瞭如指掌，所以不時要停下腳步確認地圖App。

抵達八幡大道之後，繼續往南。一直走到開闊的舊山手大道為止。

從那裡再稍微往澀谷這邊退一點，就是我要找的大使館。

磚紅色建築。

從窗戶的數量看來是三層樓建築。面向道路這一側有些許彎曲，空出一塊地供車輛出入。

「丹麥大使館」。

以日語書寫的招牌上頭，有著「ROYAL DANISH EMBASSY」的字樣。看見不認識的單字，就要立刻用手機查。嗯。直譯應該是「丹麥王國大使館」吧。

這樣啊，原來丹麥是王國。

招牌上還有紋章。

縱長的紅色橢圓裡有王冠與盾牌。王冠！真的是王國啊——我不禁讚嘆。世界遼闊而多樣。

正當我在離家不遠處簡單體驗外國氣息時，卻發現擦身而過的人們好像都在打量自己。確實，沒事一直盯著大使館建築看，或許會顯得形跡可疑。

於是我不再仰望大使館，回過頭去。

我看向馬路另一邊，隨即見到附設咖啡廳的全國連鎖書店。還有長椅。稍微休息一下再回去吧。於是我走回來時路，尋找行人穿越道。

可能因為就在大使館附近吧，往來行人裡不少外國人。一男一女分別是日本人與外國人的組合，似乎也比平常來得容易見到。

走在澀谷鬧區時雖然偶爾也會看見，不過這裡的頻率似乎要高了點。和語言、習俗

都不同的對象交往，會是怎樣的感覺呢？轉念一想，關東和關西也可以說語言、習俗都不一樣。如果往來頻繁，這種現象或許會顯得很自然。

真要說起來，每個人都不一樣。就算是共通點很多的我和淺村同學，彼此之間也有許多差異。例如荷包蛋的吃法。

『Excuse me.』

聽到這樣的聲音，我一個反應是「啊，英語」。直到不遠處再次響起這個聲音，我才發現對方說不定是向我搭話。

回過頭去，便看見一個年紀和太一繼父差不多的高個子金髮男性。

戴著淺茶色太陽眼鏡。

我看向他，於是他用英語向我詢問某件事。

他說得有點快，導致我聽不懂是什麼意思。大概是注意到我皺眉思考吧，他隨即將速度放慢了點。我立刻在腦中將他的英語翻成日語。

『我想去大使館。』

聽到剛剛才查過的「EMBASSY（大使館）」，我馬上反應過來。這附近只有一間大使館。

『丹麥大使館嗎？』

『啊！是的，沒錯。請問妳知道怎麼走嗎？』

『我帶你過去。』

說著，我便回頭走向剛剛造訪過的地方。

我將男子帶到大使館前，他再三道謝。雖然我沒做什麼了不起的大事。我反而擔心途中講的英語讓他聽不懂。

『如果日本人的英語發音不容易聽懂，還請見諒。』

離開前我滿懷歉意地這麼說，對方卻顯得很驚訝。

『咦？完全沒這回事呀。』

『是嗎？』

『妳講得非常清楚，所以容易了解。而且，英語是許多國家的共通語言，即使同樣是英語也會有各種口音，這點我已經習慣了，沒問題。』

他說，日本人的假名式發音，也只是各種口音之一，不需要道歉。這位金髮先生特地為我緩頰，真是個紳士。

告別紳士之後，我在回家路上陷入沉思。很多事，不試著交流就不會知道。

人家常說，經驗就是最好的教師。

2月16日（星期二）　綾瀨沙季

去陌生的地方旅行，本身就是種學習，或許就是因為這樣才叫校外教學。

我開始期待接下來幾天的旅行了。

回到公寓，我發現淺村同學已經到家，正在做明天的準備。

我也得整理行李才行。話是這麼說，不過昨天就已經準備得差不多了，只剩下檢查。完畢後就吃晚飯吧。

由於是兒女（我和淺村同學）第一次出國旅行，所以今天的晚飯和明天的早飯都是媽媽做。

確認完行李，我隔著門喊淺村同學吃飯。

他回：「這就來。」

淺村同學走出房間之前，我已經將媽媽事先做好的晚飯擺上桌。

我從飯鍋裡盛飯，放到淺村同學面前。

然後，我決定嘗試一下某個突然冒出來的念頭。

『Let's eat!』

聽到我這麼開口，淺村同學瞪大雙眼，看起來有些困惑。

「呃……開動？」

幸好他聽得懂。

我想，我是因為回家路上成功和那位紳士用英語對話而有點興奮。

「最近一個月都在專心練習聽和說，所以我想稍微試一下。」

我提議，在這段晚飯時間試著只用英語對話。

淺村同學也同意了，於是接下來我們切換成英語。

不過，突然就要這麼做，就算是我也沒辦法流暢地對話。何況發音方面我還是沒什麼自信。所以我試著把話題聚焦在校外教學上面。

要去哪裡？預定做什麼？有什麼期待的地方？

聽了淺村同學的回答，讓我無意間得知接下來幾天淺村同學他們那組的行動。而且，其中好幾個地方我們這組也有打算造訪，彼此的行動意外地相似。

突然，我腦袋裡閃過「如果一起逛，應該會很開心吧」的念頭。

感覺有點沒意思。

因為從明天開始，我就暫時沒辦法和淺村同學像這樣同桌吃飯了。最近我們連打工時間都難得重疊了耶。

2月16日（星期二）　綾瀨沙季

到集合地點成田機場的路上還能兩人同行，但是抵達機場之後就得分開。畢竟我們是不同班的不同組。

接下來連著四天，想見個面都沒辦法。

我將話題從校外教學轉為今天的晚飯。

然後，淺村同學居然將不懂的詞硬是用英語講出來……害我笑了。

接下來我們恢復正常的日語。

可能是因為我笑過頭了吧。淺村同學說，他很介意自己的日本口音。我在心裡「啊」了一下，因為我和那位紳士交談時，也很介意這點。

原來淺村同學和我擔心一樣的事啊。

所以我現學現賣，將今天回家路上那段聽到之後感覺心情變得比較輕鬆的話，原封不動地告訴他。

聽說英語圈的人已經習慣各種口音，所以不用擔心。

當然，日語也有些太特殊的方言，讓人不容易聽懂。紳士先生也說我『講得非常清楚，所以容易了解』。因此重點或許在於講得清楚吧。淺村同學在這方面應該不成問題。

接下來幾天的旅行，也像剛剛那樣輕鬆開口就行了吧——我試著這麼鼓勵他。因為我也會試著這麼做。

吃完飯後，我們一起收拾。

就在我打算回房間時，太一繼父回來了。

「要幫你熱飯嗎？」

「明天就要校外教學了吧？你們應該會想早點準備完上床睡覺，不用管我。」

他笑著這麼表示。

「呃……謝謝。那就恭敬不如從命了。」

「嗯。話說回來，明天四點叫你們起床就行了對嗎？」

我和淺村同學點頭。

當然，我們打算自己起床。而且，照理說媽媽差不多會在那個時間到家，應該不至於睡過頭。

不過，太一繼父先前聽到我們的行程後，就說了要叫我們起床。還說萬一慢了就開車送我們到車站。

太一繼父說他明天早上才洗澡，再三叮嚀我們早點睡覺。

淺村同學直接往浴室移動。

我回到房間，對隨身物品做最後確認。護照在。真綾特地為我們這一組製作的「旅遊手冊　同人版」也在。

……同人版是什麼意思啊？

我再次打量用影印紙裝訂而成的手冊，感到有些納悶。算了，不重要。以真綾的個性來看，八成又是某種玩笑。

嗯，沒問題。沒有漏掉任何東西。

我在淺村同學之後洗了澡。

躺上床、拉起棉被。閉起眼睛之後，方才和淺村同學那段有點像在開玩笑的英語互動自眼前浮現。

居然把竹莢魚乾說成AJI-OPEN！這只能笑了吧？

我在已熄燈的房間裡輕笑出聲。

小小的互動，一如往常。只有隻字片語的往來。儘管如此，回想起來卻讓人心頭有股暖意。

同時也讓我想到，明天開始會有一段時間無法見面這個事實。

最近，我和淺村同學好像沒什麼親密接觸耶。所謂的親密接觸，也就是擁抱、接吻……

彼此相處的時間大多是在家裡，換句話說往往父母之一也在。

我們已經決定，在雙親面前只當一對感情特別好的兄妹。

也可以說，做這個約定時，我的感情只到這種程度。

可是——接下來是四天三夜的校外教學。見不到他。要找到機會接觸，大概很難吧。

校外教學的分組基本上是三男三女，六人一組。

淺村同學應該會和三個同班的女生一起遊覽新加坡。其中沒有我。

我掀開棉被起身，披上家居服。畢竟剛剛才洗完澡，如果不穿得保暖一點怕會感冒。

我悄悄從房間探出頭，打量周圍狀況。

接著往淺村同學的房間走去，輕輕敲門，把他叫來我房間。

我關上門、熄了燈。

確認彼此的意願。想接吻。兩人都表示ＹＥＳ。

在主動開口的那一刻，我有種罪惡感，覺得我是不是在利用淺村同學排解自己的慾望，然而到了彼此臉頰貼近時，我已經無法回頭。

他將雙手放在我肩上。

淺村同學手掌傳來的溫暖，讓我感到好安心。我也一樣將手放在他肩上。淺村同學比較高，所以要把臉湊上去得稍微踮腳。

透過疊合的嘴唇，我感受到淺村同學的熱度。

我的指尖不禁用力，他的臉就在這一刻遠離。

留在嘴唇上的觸感漸漸消失。

儘管依依不捨，脫口而出的話語卻剛好相反。

「晚安。」

「晚安……綾瀨同學。」

淺村同學回到自己的房間。

我碰觸自己的嘴唇，發現心底的煩躁並未完全消失。我到底是怎麼了？

分開行動的時間長達四天三夜，我撐得下去嗎……

2月17日（星期三）校外教學第一天　淺村悠太

聽到夢境彼方響起的聲音，令我從一片黑暗的房間裡醒來。

事先設定的鬧鐘在響。我連忙按掉，並且點亮房間的燈。

伸出被窩的手感覺好冷。隆冬的上午四點。離日出還有兩小時以上。

但是七點要在成田機場集合。

五點不出家門會來不及。

可是，好冷。

反正時間還算充裕，慢慢來也沒關係吧……呼。

有人敲門。老爸的「起床了嗎」讓我頓時驚醒。

好險，差點就要睡回籠覺了。

我應了一聲：「醒了！」

然後匆匆忙忙地開始換衣服。

為了洗臉而衝進洗手間時，差點撞上綾瀨同學。

她已經連妝都化好了。不愧是綾瀨同學。我們互道早安之後便錯身而過。

我用五分鐘搞定刷牙洗臉。

坐到餐桌前時正好四點半。看來趕得上。

到家不久的亞季子小姐已為我們準備好早餐，她連衣服都還沒換。

「媽媽，妳不睡覺沒關係嗎？」

亞季子小姐笑著回答綾瀨同學。

「沒問題。送你們出門之後我再好好睡一覺。重點是，接下來會有三天見不到你們，我就是為了送你們才早點回來的呀～」

說完，她就把桌上的大盤子推向我們。盤裡擺了快十個外面包有海苔的飯糰。

「來。我做成飯糰，讓你們可以簡單地用手拿著吃。配菜全都包在裡面。味噌湯這就端來。」

「謝謝。」

「謝謝媽媽。」

我和綾瀨同學異口同聲道謝，然後同時開動。

提早起床的老爸，打著呵欠坐到對面。

「趕得上嗎？」

我和綾瀨同學點頭。

大嚼飯糰、喝味噌湯。

目標是搭上五點半離開澀谷站的山手線外環。

我們吃完早飯、再度檢查行李，隨口說聲「我出門了」便衝出家門。

老爸和亞季子小姐「別急啊。」「路上小心喔～」的聲音，送我們進了電梯。

我拿出手機確認時間。正好五點。要趕上應該綽綽有餘。

在下降的電梯裡，我和綾瀨同學鬆了口氣。

我們拖著沉重的行李箱走到澀谷站，在電車裡看向彼此。

「來得及嗎？」

「我想，應該沒問題。」

對於綾瀨同學的問題，我一邊用手機確認時間一邊回答。

途中只需要在日暮里轉車一次，如果沒有誤點，理論上六點四十分左右就會抵達成田機場的第二航廈。集合時間是七點，來得及……應該吧。

現在連天都還沒亮，電車裡空空蕩蕩。

我和綾瀨同學並肩坐下，身體因透過軌道傳來的震動而搖晃。

之所以沒像平常那樣錯開時間假裝彼此無關，一方面是第一次出國旅行顧不了那麼多，另一方面大概是我們覺得讓人家知道是兄妹也無所謂了。

只要更為祕密的關係沒有穿幫就好。

會像這樣找藉口一起行動，或許可以表示我們此時已經有了某種預感。

電車駛入機場站。

我們推著行李箱趕往集合地點。一次又一次搭上漫長的電扶梯，雙腳蹬著反射白光的地板，前往指定的團體候機室。

來到能遠遠望見一群人穿著熟悉制服的地方，我們便分頭行動。

雖然被發現也無妨，卻也沒必要主動公開。

綾瀨同學的背影遠去。

我在原地等了一會兒，才緩步跟在後頭。

水星高中二年級按照班級排成縱隊，隊伍尾端有個身形壯碩的男生。

丸。他注意到我走近，向我招了招手。

「早安，丸。」

我排到他後面，向他搭話。

「喔！你還真慢啊。」

「我覺得時間還綽綽有餘啊。」

聽到我這麼回答，丸便指向團體候機室外面。

「你在講什麼啊？你知道自己錯過多少飛機起飛嗎？」

被機場撩撥心弦的丸，顯得很興奮。

「天才剛亮，到底要看什麼啊？」

「淺村，你居然不懂夜晚的機場有多美？飛機在地面兩排有如耶誕燈飾的跑道燈之間奔馳，機鼻逐漸拉高。起飛後，機翼燈與尾燈交織而成的光點，漸漸消失在虛空中。如此美景，就在我們面前上演啊。」

「好一個詩人。所以說，你剛剛有看到？」

「我在排隊所以沒看。」

什麼跟什麼啊？

「話說回來，你知道『國際機場１９７５』這部電影嗎？」

「不知道耶。以機場為舞台的電影？」

「機師發生意外無法駕駛飛機導致差點墜機的電影。」

「拜託別提這個。」

麻煩不要在搭飛機之前談這種話題。

在那之後，我們先聽了擔任學年主任的教師再三宣導注意事項，才終於能夠開始登機。先是通過近年變得嚴格的檢疫，然後跟著隊伍在機場內移動，託運檢查完畢的大型行李。東西要到了當地才能領取。

希望不會碰上行李遺失的意外。

我再次意識到，這次旅行讓自己變得有多麼神經質。唉，畢竟是第一次出國旅行嘛，而且要搭飛機。

辦完報到手續時，機場時鐘指著八點。

離起飛還有一小時。

我們讓隨身行李通過X光檢查，自己也走過金屬偵測器。脫鞋有點麻煩。這對於想穿著長筒靴出國的人來說不是很頭痛嗎？雖然我大概一輩子都不會去穿那種鞋子，既然如此，又何必去為別人擔心呢？

水星高中二年級開始往登機門移動。人數眾多，所以步調緩慢。

不過，我們確實是朝飛機的方向走。照理說綾瀨同學應該也在這個制服集團的某處，然而彼此不同班，要找到她實在很難。

「真的好大啊～」

走在旁邊的男生——這次校外教學和我同組的班上同學之一吉田說道，於是我反射性地往牆上的玻璃窗看去。

今天日出約在六點半左右。換句話說從天亮算起已經過了九十分鐘，外面的景色清晰可見。

大玻璃窗彼方就是跑道。

飛機在地面緩緩移動的模樣，讓我有種異樣感。

近距離所見的飛機，即使外型和想像中一致，依舊會令人覺得規模截然不同。這點確實和丸說的一樣。就是大。在機身底下走動的作業員，看起來就像圍著蛋糕的螞蟻。

說出這番感想後，吉田很感興趣地問：

「居然是蛋糕，你餓啦？」

「想像而已啦。它帶來的規模感大概就是這樣吧。」

「淺村，你這種形容很有趣耶。」

「會嗎？我自己覺得很普通啊。」

知道和吉田同組之後，彼此交談的機會增加，因此讓我發現一件事。

看來，一般而言不太會在對話中使用譬喻。

丸和讀賣前輩這種稱得上朋友的人，一個個都比我來得愛賣弄知識，自然而然就會有些類似的對話。成為義妹的綾瀨同學雖然不太擅長國語，但是真要說起來她算是傾向邏輯性思考的人，說話的方式、內容都和我比較接近。

對我來說，反倒是不太能理解譬喻的吉田比較特殊……我在他眼裡想必也差不多吧。無論如何，雖然平常彼此沒怎麼接觸，不過機會難得，我想多和比較不熟悉的人交談。相較於在國外和外國人交談，這麼做的門檻顯然低得多。

「行李好像是放在上面。」

聽到丸這麼說，我抬頭一看，發現座位上方能放東西。不是電車那種鋼管組成的架子，而是有門的櫃子。拿出來很麻煩那種。是不是為了避免東西在飛機搖晃時掉下來啊？

「搖晃程度會嚴重到掉下來嗎？」這個念頭閃過腦海，我連忙搖頭把它甩開。飛行期間他們會讓我打開置物櫃嗎？感覺不行。我想把手機、暈機藥等可能會需要的東西留在手邊……啊，對喔。

有斜背包能用。

旅遊指南上面有寫，觀光時空出雙手比較方便。我原本打算到飯店再把東西裝進去的。

丸戳戳我的肩膀。

「喂，東西拿來，我幫你放上去。」

「抱歉，丸，等我一下。」

我把隨身物品改放到斜背包裡。這麼一來，飛行期間應該用不著開置物櫃吧。我環顧四周，看見不少人做一樣的事。

物品轉移完畢之後，我拜託丸幫忙把包包放進上方置物櫃。

接著坐到自己的位置，把斜背包擺在腿上。

我喘了口氣，往後倒在座椅上，看向窗外並豎起耳朵。

混在同學們喧鬧聲裡頭那不絕於耳的低吟，大概是引擎聲吧。好大一架飛機，卻感

覺一直晃個不停。能讓這麼大的鐵塊搖成這副德行，力道應該相當強。

巨大的鐵製機身——這東西真的能飛上天嗎？

我再次對起飛感到恐懼。要不要乾脆閉上眼睛睡覺呢？

我看向機內顯示的時間。飛機離地至少還要等十五分鐘。時間這麼長，趁著現在睡眠不足或許真睡得著。

我從斜背包裡拿出手機，把這些念頭告訴丸。

「這樣多可惜。既然是第一次有機會目睹，看了才不會後悔。」

「也有些情況是看了才後悔吧。」

「勸你還是珍惜所謂的『第一次』比較好。無論動畫或小說，都是這樣吧？」

這倒是沒錯。

像那種結局大翻盤或給人驚喜的作品，只有第一次會感受到衝擊。

「一旦習慣，就會覺得飛機起飛都差不多。窗外景色無論成田還是羽田都沒什麼兩樣。」

「是這樣嗎？」

「我覺得是。」

我心想，這也太曖昧了吧。接著我就發現，將事物粗略地劃分為同一類而不再去關注，正是所謂的「習慣」。

有點可怕。

實際上，應該每次都有些不同才對。氣氛也好、景色也好、體驗也好，早晨起飛有早晨的味道，夜間降落有夜間的氣氛。像今天這樣在晴朗的天空下起飛，和在惡劣天候下勉強起飛，想來也不會一樣。

不僅如此，就連自己也是每天都在改變，觀察周遭的角度也會逐漸有所變化。照理說每次應該都有所不同。

即使如此，人依舊會漸漸對變化失去反應，認為這個和那個到頭來還不是一樣，那麼還是重視「第一次」比較好。

機內廣播響起，終於要起飛了。

找了各式各樣的藉口之後，我終究心不甘情不願地選擇對抗恐懼，望向窗外。

我的座位比機翼來得後面一點，所以不容易看見前方有什麼東西，不過反正飛機窗戶很小，如果不把臉貼上去，看見的景色不會有兩樣。

起步和汽車沒太大差別。

只不過視線壓倒性地高而已。

假如眺望遠方的森林和建築，恐怕連速度都難以體會。飛機離地時的速度好像大約每小時三百公里，換句話說這個龐然大物的速度和新幹線差不多，但我倒是感覺不……

嗚，我整個人被壓到座位上。

喔、喔喔……加速了？想到這裡我看向窗外，地面流逝的速度顯然不一樣。

好快好快。柏油路面宛如液體般流向後方。

腦袋被按在頭枕上，同時外面的景象開始傾斜。

機鼻上揚。

窗外已經有一半以上是藍天。

我的背深深陷進座椅之中。啊，如果搭乘火箭，大概能感受到比此刻還要強上好幾倍的Ｇ力吧——就在我體會到科幻作品登場人物的心情時，飛機離地。

「下面很壯觀喔。」

「下面？」

聽到坐在後面的吉田這句話，我將目光投向窗戶右邊角落那片愈來愈小的地面風景。

我差點叫出聲來。

跑道周圍的田埂、建築，已經小到無法分辨。森林成了一團團的林木集合體，宛如花椰菜一般。建築物與其說是積木，不如說更像鋪在道路這個框框裡頭的磁磚，失去了立體感。

就在我屏息觀看這一切時，地面愈來愈遠。

小路失去蹤跡，唯有寬闊的幹道像血管、葉脈那般留下。

視野突然變成一片白。

我這才發現飛機已入雲裡。

遠方景色消失在灰色之中，就連近在咫尺的機翼也若隱若現。飛機划霧前行，持續了數分鐘之後，便像跳出水面似的脫離雲層。

眼前是一望無垠的藍。

斜度雖然已經趨緩，飛機卻還在上升。

飛機衝向藍天，我從窗戶往下望去，能看見那條特徵明顯的太平洋海岸線。

從茨城到千葉的列島輪廓、東側以犬吠埼為頂點的凸出地形，這些只在地圖上見過的景色，全都一目了然。

「地圖……真的是地圖啊。」

這確實是第一次見到的壯麗美景。

真慶幸能有這樣的體驗。

「你在講什麼啊，淺村？」

「唉呀，你看，形狀真的和地圖上一樣耶。」

「要是地圖沒有反映地形，那我們該相信什麼才好？」

「我的意思是，有些東西沒經歷過很難體會那種感覺。」

「很不錯的經驗對吧？」

「嗯，確實。要是沒看到可就虧大了。」

窗上映出丸揚起嘴角的模樣。

嗯。這個嘛，的確該感謝丸。只不過——

真希望飛機不要有事沒事就晃一下。

我在不知不覺間睡著，又在感受到衝擊的同時被丸叫醒。

回過神時，飛機已經著陸，正在跑道上慢吞吞地轉向。

「安全帶一直繫著，你不會覺得很難受嗎？」

丸傻眼地說道。

「這個嘛，我在搭我老爸的車時經常這樣，算不上什麼吧。他總是生氣地說，不要在副駕駛座睡覺，因為會害司機也想睡。」

這麼說來，正月那趟旅行途中，亞季子小姐好像一直都在陪老爸說話。那樣算不算是對老爸的體貼啊？

「真虧你能一睡七小時。」

「我睡了那麼久？」

「你睡得很熟啊。」

如果真如他所說，代表我在飛機上的時間差不多都在睡覺。記得飛行時間應該是七小時左右。這麼說來，我不記得自己有吃到午飯。有點可惜啊。

不過，居然已經這個時間了嗎？

我看向手機的時鐘。

下午三點。咦？出發是九點……所以只過了六小時？我起先感到疑惑，不過很快就發現是怎麼回事，因為我把時鐘調成新加坡時間了。

新加坡和日本有一小時的時差。

日本已經下午四點，即將傍晚。不過，飛機是往西飛，所以這裡還保有充足的陽光。

如果沒記錯，新加坡的二月，最高氣溫可以超過30度。

雖然隔著厚厚的機窗看不出陽光有多強，不過我們是從隆冬的日本來到此地，或許會覺得很熱。

安全帶已經能解開，於是我略微起身打量周遭。

大家都在準備下機。座位靠走道的同學已經站起身，要把置物櫃的隨身行李拿下來。

「拿去吧，丸、淺村，你們的。」

我們接過同學幫忙拿下來的運動背包。

「喔。」

「謝啦。」

空服員站在登機門旁目送旅客離去。我們向對方道謝，並且往機場移動。

新加坡樟宜國際機場——

我們在當地時間下午三點抵達。這座迎接我們的機場，和我們起飛的成田機場之間，究竟有什麼差別呢？

從有空調的飛機移動到有空調的機場設施那一瞬間，其實我看不出來兩者有什麼差別。站在漂亮的現代大廈裡，我不禁懷疑自己是否真的已經來到國外。

頂多就是從大玻璃窗外的風景感受到陽光強了點吧。

「這裡……是新加坡吧？」

「你在講什麼啊，淺村？」

「可是……」

「看不到日語吧？」

啊——

聽到丸這麼一說，我才總算有了實感。成田機場同樣有多種不同語言的導覽，令人感受不到國界之分，有種「真不愧是國際機場」的感覺……但不至於看不到日文。

然而放眼望去，我卻找不到日文的蹤跡。

眼睛所見範圍最多的感覺是英文，再來應該是中文。這兩種之所以特別顯眼，想來主因在於這裡是國際機場，但或許也和新加坡官方語言是英語、馬來語、華語、坦米爾語有關。唉，英文字母與漢字以外的文字對我來說都太過陌生，出現在視野裡我也認不得就是了。

「該怎麼講，有種總算到了國外的感覺。」

這明明是肺腑之言，丸卻給了個奇怪的表情。

類似「現在才有啊？」那樣。

我們與啟程時相反，先在樟宜機場候機室整隊，然後在班導師帶領下往飯店移動。

（順帶一提，託運行李沒有丟失，所有人都順利領到了。）

我們從機場搭乘巴士，車子沿著海岸行駛了約二十分鐘。

最後抵達的飯店，是分成兩棟的大型建築，男生和女生分別住進不同棟。一間房住三個人。我、丸、吉田一間。分組基本上男女各三，也是因為能對應飯店的房間分配。

到了走下巴士往飯店移動的那一刻，我才總算能好好呼吸外面的空氣。

據說每個國家都有該國特有的氣味。

好比說，長年旅居海外的人回日本，似乎能感受到醬油和味噌的氣味。

不過，外國人無法分辨初次造訪的國家是什麼氣味，只能感受到和母國有些不一樣。而且，嗅覺是五感裡適應最快的感覺器官，轉眼間就會習慣這股氣味，此後便不會再去注意。

我們抵達飯店房間。

放下行李，只把必要的隨身物品挪到小型斜背包裡。

「記得註冊免費Wi-Fi喔。」

聽到丸這麼說，吉田慌慌張張地問要怎麼做。

「我明明就說了旅遊手冊要先讀過吧？」

丸無奈地說道，吉田則是陪笑敷衍。

至於我，早在抵達機場的時候就已搞定。新加坡有政府免費提供的Wi-Fi服務，似乎在大多數的公共設施都能利用，所以我們這種旅客應該早早設定。

「好啦，差不多該走嘍，吉田、淺村。」

在組長丸的催促之下，我們來到大廳。先找到水星高中二年級，接著找到自己的班級，然後按照組別排好。

教師們再三叮嚀我們別忘了飯店的晚餐時段，要我們嚴格遵守回飯店的時間。

也不知道這群興奮的學生裡有幾個人把話聽進去，不過手冊上有時間表，想來不會有問題。大概吧。

而且，第一天的活動並不是完全以小組為單位，要從校方事先挑的三個目的地之中選一個。目的地是半固定，所以有專車接送。

搭乘巴士到達該地點之後，則會讓學生們半自主地遊覽，到了集合時間再以專車送回飯店。

和同組的三個女生會合後，我們坐上巴士。

我們選的是「新加坡國家博物館」。

這間博物館是堂皇富麗的兩層樓西式建築，中央棟有個半球型屋頂。會是星象儀或天文台嗎？還是單純設計成那種形狀？

抵達門口時，已經是下午五點。

若在日本，此刻已是傍晚時分，不過新加坡今天的日落要等到下午七點二十分左右，所以天還很亮。

「歷史畫廊下午六點閉館，就從那裡開始參觀吧。」

丸這句話，讓我們走向歷史展覽區。

到了入口，我們和其他組排在一起。

剛送走前一批觀光客的導遊先生，笑著朝我們走來。

想來會是英語導覽，我已經有了心理準備——

「大家好。各位是來自日本的學生對吧？我姓王，接下來將由我為你們導覽，請多指教。」

對方卻以流暢的日語這麼說道，並開始為我們介紹。

「不管怎麼想，他的日語都比我們的英語來得好啊。」

我贊同丸的看法，但如果只是這樣，應該還不至於讓人太驚訝。

剛剛為我們介紹完畢的青年導遊，面對下一批看似來自中國的學生時，居然改用華語導覽。這下子，就連丸也不禁表示讚嘆。那位導遊先生究竟會說幾國語言啊？

我們一直待到畫廊閉館為止，此時離搭車回飯店還有約十五分鐘的空檔。

於是我們轉移陣地，打算參觀博物館的中庭。

東方的天空已漸漸轉為藍色。

原本刺人的陽光也變得弱了些，但是氣溫依然偏高，走一走就開始冒汗。濕度很高，不過應該沒日本那麼令人難受。

同組的女生們討論起該擦什麼防曬霜比較好。

有群人聚集在博物館入口處步道與草地的分界處。

我們好奇地往那邊走去，便聽到人群彼端傳來歌聲。

「應該是街頭表演。」

丸說道，女生們表示想過去看看。

「嗯，反正時間沒剩下多少，或許比去別處亂晃來得好。」

得到丸組長的許可，我們便擠進人群裡。

在人群中心，一名女子抱著吉他坐在折疊椅上唱歌。從吉他上伸出來的電線，透過小型音箱連到喇叭。

女子腳下擺了個裝零錢的盒子，裡頭放著不少硬幣、紙鈔。

「好好聽的聲音……」

「是個美人耶～」

即使沒聽到女生們的悄悄話，我也會有同樣的意見。金色長髮配上眼角微微揚起的黑眸，從五官看來是南亞血統。曬成褐色的肌膚顯得很健康，能感受到一股會讓同性崇拜的堅強。她唱的歌好像是英語。

而且感覺在哪裡聽過。

「這年頭居然還有人拿木吉他彈唱Ｓ＆Ｇ，真不知道她是在迎合大眾口味還是走自己的路。嗯，熟悉的歌曲比較容易吸引到客人吧？」

丸小聲說道。

「你認得這首歌？」

「很有名喔。照理說淺村你應該也聽過。這首是賽門與葛芬柯的『老鷹之歌』。原本是南美的民謠，在日本有些學校會在放學時播放。」

丸的宅知識有時連些奇怪的地方都能顧到，不能小看。

總之，我現在知道那是南美民謠了。

這位女歌手唱起歌來中氣十足，沒有走音。就連我這個音樂外行人也聽得出她唱得很好。

她就這麼唱完了整首歌。

下一首曲風一轉，變成快歌。

「這首你也認得？」

「不知道。我想，應該是這裡的音樂吧？」

「這裡」指的是新加坡。

這首歌與其說是流行歌，倒不如說同樣有種民謠味。女子激昂的歌聲令人為之折服。很適合用「洋溢著生命力」來形容。

在吉他上來回的手，動作也比方才更為激烈。

「原來如此。先用有名的歌曲吸引客人，然後才唱出真正要讓人聽的歌啊。」

丸這幾句話講得像個軍師一樣。

掌聲響起，不少聽眾將硬幣、紙鈔丟進盒子裡。儘管對網路歌手打賞的文化正在蓬勃發展，但這種流傳已久的舊文化並未消失。

「梅莉莎……嗎？」

丸瞇起眼睛，輕聲嘀咕。大概是名字吧。

「唱歌的人？」

「嗯，雖然沒辦法肯定。」

我順著丸的視線看去，發現女子身旁有個看板，上端貼著疑似身分證的東西。證件上好像還寫了名字，不過字母那麼小，真虧他看得清楚呢。

「那張身分證？」

「不，那個未免太小了。我想大概是街頭表演需要的許可證吧。表演時如果不像這樣把許可證放在顯眼處，會被警察逮捕。那玩意兒下面也有名字吧？」

「嗯。」

原來寫在看板上面啊。

雖然還想再聽一下，但巴士發車時間快到了，於是我們離開人群回到停車場。

我們回到飯店時，東方天空已經徹底染藍。

晚餐在四樓的餐廳。

不管住哪一棟都能在這裡會合，所以原本男女分開的二年級全員到齊。

雖然是自助式又有日本料理，不過機會難得，所以我試著選些沒吃過的菜色。

熱帶水果種類繁多。有很多顏色鮮豔而且日本很少見的水果，雖然芒果倒是已經看多了。飯店裡有Ｗｉ－Ｆｉ，所以我邊查邊拿。

蟠桃、紅毛丹、山竹、釋迦……

這些水果，是否有一天會在日本變得隨處可見呢？

「各位，請你們邊吃邊聽。我現在重複一次注意事項——」

擔任學年主任的教師朗聲說道。

從明天起，就不再是今天這樣由校方安排的半固定行程。由於學生們各自分組行動，所以教師們要提醒的也比較多。

吃完晚餐，我回到房間並洗了澡，接下來只剩就寢。

熄燈前這段時間，丸和吉田跑去探索飯店了。不愧是運動社團的人，體力果然不一樣。

我有點累，所以留在房間裡。

吹著冷氣，眺望窗外風景。

可能是因為日落較晚吧，街上的燈光大多都還亮著。

俯瞰所見的景色明明和日本都會差異不大，此刻我卻真的身處異國。令人感到不可思議。

這麼說來，老爸先前說過，他沒想到自家兒子的校外教學地點居然會是國外。在老爸他們的年代，關東的學校似乎照慣例都是去京都．奈良。

人們常說交通和通訊的發達讓世界變小了，但從老爸的角度來說，他可沒想過自己孩子這一代的校外教學就會跑得那麼遠。

「這也就是說……」

到了再下一個世代——我們的孩子那個世代，校外教學的地點會變得更遠？比國外還要更遠——

窗外，剛爬到大玻璃窗邊緣的月亮，無比皎潔。

即使如此——我依舊覺得，校外教學要去那裡，一個世代應該不夠。儘管它是離地球最近的天體，而且常在科幻小說裡登場。

還是說，就連這種空想都會輕易實現，將來能對自己的孩子說「我們小時候」這種話呢？

不不不，我這是以自己會有小孩為前提在思考了吧？

在那之前還有很多要做的事。很多。

我甩甩頭拋開冒出來的妄想，回顧今天的事。

匆忙的一天。

包含第一次的搭飛機體驗在內，我碰上了許多新鮮事，還有些新發現和值得讓人深思之處。雖然都是一大群人在交通工具和建築物之間來回，實在算不上有接觸到新加坡這個國家就是了。

要說和日本有什麼不一樣，大概是生長的植物吧。花的顏色與形狀、葉子的茂密程

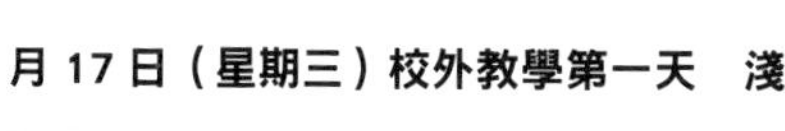

度、樹木的枝椏等，和日本見慣的景色有些難以形容的差異。

這些東西，在我腦中留下模糊的印象。大概就是所謂的熱帶風情吧。

除此之外，還有空氣聞起來不一樣。周圍傳來的聲響、街上的音樂、招牌的文字不一樣。

至於路上行駛的汽車、現代建築、電器、淋浴設備等，則又看不出和日本有什麼差別了。

還有手機之類的。

會來博物館的不止觀光客，照理說應該也有很多新加坡人，然而大家都一樣拿著手機代替相機和辭典，嗯，這一點全世界都沒什麼兩樣呢。如今不管是哪個國家的人，似乎都少不了電子通訊裝置。

我看向自己的手機。

ＬＩＮＥ的圖示映入眼簾。

今天早上在機場分開後，我和綾瀨同學再也沒碰上。彼此不同班，所以就算身在同一個地點也離得很遠。而且見不到面。

光是看不見那張熟悉的臉，就讓人覺得好像少了些什麼。

我輕觸ＬＩＮＥ的圖示，啟動Ａｐｐ。

然後點擊聊天對象一覽裡某個熟悉的圖示。看著出發前互傳的簡短訊息，我不禁想，這時候綾瀨同學在做什麼呢？

透過Ｗｉ－Ｆｉ連線不會收到昂貴的賬單，於是我思考是否該傳個訊息給她。不過，說不定綾瀨同學正在和同房的奈良坂同學聊天。

要是特別的來訊通知聲在談話時響起，可能會引人注目。不，想太多了。畢竟也有可能是家人或朋友。不過就是聊天對象的手機響一聲罷了，會特別去問傳訊的人是誰嗎？

更何況，我想起了昨天和綾瀨同學的那段對話（親密接觸）。

『接下來的四天，我們說不定完全沒辦法碰面。所以……那個……』

雖說趁著家人在睡覺做這種事讓我有點心虛，不過光是想到接下來會有一段時間碰不到對方，就讓我們難以忍耐。

既然如此，要是連個訊息都不傳，會讓綾瀨同學覺得寂寞吧……

不，重點是我自己想聽她的聲音。如果聽不到她的聲音，至少也要有些文字上的互動。白天和大家一起鬧的時候可以不去想，孤身一人時這股思念就會湧上心頭。

可是啊……奈良坂同學和她同房耶。

那個直覺異常敏銳的奈良坂同學，可能只需要一個手機的來訊通知音效，就會開始「欸欸，誰傳的？該不會是哥哥？是吧是吧！唉呀～他還真愛妳這個妹妹啊！」地調侃她。

「感覺很有可能……」

我甚至能在腦中播放那個聲音。

呃，可是啊，因為這樣就不傳訊息也不太對。

奈良坂同學雖然愛開玩笑，但也不至於讓對方因此難過才對。既然如此，這個時候就該──

就在我的手指準備滑向第一個字時，門把轉動聲響起，運動社團的大嗓門喊著：

「回來嘍～！」丸和吉田走進房間，嚇了我一跳。

「我……我回來啦。」

聽到我倉促間脫口而出的這句話，丸一臉疑惑。

「不，回來的是我們吧。」

「抱歉講錯了。你們回來啦。」

「是啊，回來了。」

「淺村你該一起來的。這裡的便利商店啊，很有意思喔！」

吉田說著就舉起塑膠袋。

看樣子，丸和吉田是跑去飯店裡的便利商店了。

在異國的探險，居然是去世界各地都有的便利商店。

他們拿著袋子走過來，把買的零食倒在桌上。

「……這個日本也有賣吧？」

「有些不一樣喔。」

丸和吉田有些興奮地講起異國飯店探險的經過，我就這麼失去了把心思放到手機上的機會。

於是到了熄燈時間——校外教學第一天就此結束。

2月17日（星期三） 校外教學第一天　綾瀨沙季

我原本很擔心前一晚會睡不著。

但是閉上眼睛的下一秒，我就失去了意識。

羽絨被又輕又暖，我就像隻隨浪漂浮的水母一般，在夢的縫隙裡晃蕩。好像有作夢，又好像什麼都沒見到。

鬧鐘還沒響起，我已經在黑暗中醒來。

聽得到空調的低吟。

事先設好的定時器發揮了功用，即使把手腳探出被窩也不會冷。這麼一來就沒問題了，於是我「嘿咻」一地起身。

我突然想起昨晚的事，於是指尖從唇上輕輕滑過。我忍不住笑了出來，嘴角自然而然地上揚。

糟糕，沒那麼多時間能浪費。

必須趕快換衣服。

化好妝後，我在洗手間與淺村同學擦身而過。

看樣子，他是好不容易才爬起來。那張臉睡意濃厚，讓人有點擔心他會遲到。

我吃著媽媽幫我們做的飯糰，喝著味噌湯。

飯糰雖然好吃，然而我總是會擔心海苔黏在牙齒上。在對著鏡子檢查過之前，不能當著淺村同學的面張大嘴巴。

走出家門時，時間還很充裕。

先在澀谷站搭乘山手線，然後在日暮里站轉乘通往成田的車，接下來就算睡著也能順利抵達機場。應該不用擔心遲到了吧。

並肩坐下的同時，我偷偷打量淺村同學的臉。他呵欠連連，看起來很睏。

他努力忍著不打瞌睡。

每當碰到我的肩膀，他就會立刻驚醒並坐正，然後向我道歉。明明可以靠在我身上睡的。

時間這麼早，車上乘客也就小貓兩三隻，同一節車廂裡也見不到眼熟的制服。

電車準時抵達成田機場的第二航廈站。

於是我們趕往指定的候機室。

看見那群穿著制服的人之後，淺村同學說了聲：「那麼，就到這裡。」

「旅行途中要小心喔。」

「妳也是。」

我點點頭。

我先走一步，擺出一副獨自前來的模樣趕往自己班級那邊。

令人頭痛的是，和淺村同學離得愈遠，我就愈是意興闌珊。

因為，和班上同學會合之後，我們就得一直分開行動。

校外教學期間，一直都得這樣。

「動作快～！沙季，這裡這裡！」

真綾用力揮手，彷彿能聽到她揮手的聲音。

我不禁笑出來。都看得見彼此了，不用那麼急也趕得上吧？

真綾身旁是佐藤涼子同學，同組的第三個女生。再來就是有點吵的三個男生。

和組員會合前我回頭瞄了一眼，卻沒看見照理說應該走在我後面的淺村同學。

話說，我的朋友奈良坂真綾社交能力很強……不，她是社交女王。

能夠自然而然做到「結交一百個朋友」這種事的女生，應該不算多吧。

而且，她交友的對象不分男女，和誰都合得來，令人難以置信。

這樣的她呢，難得地站在我旁邊驅趕男生。

「好啦，你們這些男生！不要來女生的聚會湊熱鬧～去找你們男生的樂子～」

她將我和佐藤同學護在後面，揮揮手趕走靠過來的三個同組男生。然後又對同班的其他女生強調「各位，要小心那些出門在外就心浮氣躁的男生喔！」，害得大家都笑出來。這下子男生們也只能苦笑了。

真綾轉過身來。

「聽好，佐藤同學。要是那些男生纏上妳，妳就來找我。我會好好幫妳教訓他們的！」

「嗯。謝謝妳……奈良坂同學。」

佐藤同學微微一笑。

「沙季也是！」

「這個嘛，我應該不用擔心吧。」

我知道周遭的人怎麼看待我。雖說我已經開始試著融入這個班級，卻還是能感受到有些人會怕我，因為我一副攻擊力很高的裝扮嘛。

「不可以大意。」

「唔，好。」

別突然那麼正經啦，會嚇到人耶。

「畢竟妳還沒嫁人。呃，如果妳願意入贅我們家，我當然也不排斥。沙季穿男裝一定很好看。」

「我可不會這麼做喔。」

為什麼這人非得用玩笑搭配忠告不可啊？

看吧，佐藤同學也在笑。

話雖如此，不過多虧了這個玩笑，佐藤同學原本像隻害怕的小貓咪，現在表情已經和緩許多。

我大概猜得到真綾的意圖。

由她擔任組長的本組，集結了班上最不擅長和男生相處的兩人（換句話說就是我和佐藤同學）、班上最容易得意忘形的兩個男生，以及一個較為可靠的男生。

她是用那番話提前警告最可能放縱的男生，讓我和佐藤同學可以放心。

唉，真綾實在厲害。

「抱歉嘍，奈良坂同學。好啦你們兩個，老師說了男生排這邊吧？」

比較可靠的男生把另外兩人拉回隊伍裡。有他在，那三人組應該沒問題吧。

老師們站到排好隊伍的學生面前，開始引導大家前進。

儘管偶爾會爆出歡呼，不過基本上我們都還是老老實實地移動並辦理手續。

雖說是現代高中生，但大多數人是第一次出國旅行，所以有點緊張，教師們的指示也聽得很專心。要是只有自己沒搭上飛機，那可就麻煩了。

這點我也是一樣。

坐上飛機之前，我一直很緊張。

坐上去之後，倒是會覺得和在國內搭巴士旅行沒什麼差別。

機上廣播會先後使用英語、華語、日語這三種語言講同樣的內容，相當新鮮，不過仔細一想，新幹線導覽也是日語和英語都有。

等到耳朵習慣之後，就是吃零食、聊天。和去京都．奈良沒什麼兩樣。按照慣例，不管男生還是女生講話都很大聲，偶爾還會挨班導師的罵。

雖然我不太習慣漫無目的閒聊就是了。

佐藤同學好像也一樣，我們兩個中間有真綾在所以不成問題，如果沒了真綾，大概就得度過七個小時的沉默時光。幸好我在這一組。

位置在四排座的靠窗位也值得慶幸。要是聊不下去，可以往窗外看打發時間。

看見藍天下那宛如衛星照片的景色之後，我才總算有了自己真的要出國旅行的感覺。

第一次出國。

感覺心跳比平常都要快。

我按照兩地時差調整手機時鐘，然後回頭複習旅遊手冊，此時真綾突然說想看電影，於是我們這一排成了電影放映會，因為一旦有人開始看電影，其他人就沒辦法講話了。既然坐在中間的真綾要看，她左右兩邊的我和佐藤同學自然也得安靜下來。

不過，或許這也是出於真綾的體貼。

她是在告訴我們，不用勉強聊天也無妨。

我們在飛機上看的是某推理類動畫的最新作，這系列似乎很紅。小學生不知為何牽扯上命案，而且一個人就解決了這個案子。好厲害。感覺很荒謬卻不會讓人耿耿於懷，這點也很有意思。

時間已到中午，於是我們吃了飛機餐。

空中小姐推車過來……沒錯，她問了每個人都想像過的那個老問題，我個人對此感到很開心。

「Beef or chicken?」

問答內容簡單過頭，實在算不上什麼對話，然而，最能讓我感受到這一趟是出國旅行的時刻，或許就在這一瞬間。

當然，我的答案是chicken，因為熱量比較低。

我們飛抵新加坡的樟宜機場。

抵達飯店並報到之後，我們這一組便往博物館移動。

即使到了這裡，我們這一組依舊是男生和女生分開行動。我們只有一開始和最後待在一起，當然也會注意別離太遠就是了。

看起來比我更不擅長和男生相處的佐藤同學鬆了口氣。能夠悠閒地參觀這點也很棒。

只不過，班導師說機會難得而建議分組時男女混合，感覺有點對不起她。

我趁著只有兩個人時，偷偷這麼告訴真綾，結果——

「魚若有心，水就有心喔，沙季。」

說完，真綾扮了個鬼臉。

「妳只是想講這句話吧？」

這位愛動歪腦筋的組長倒是臉不紅氣不喘。

順帶一提，「魚若有心，水就有心」這句話，意思相當於「自己如何應對，要看對方的態度」。以這個場合來說，就是「如果對方是相處時可以不用在乎男女之隔的那種人，那麼要一起逛也可以。不過碰上那種一看就知道別有用心的人，就該以相應的方式對待喔」的意思吧。雖然我覺得用法有些偏差，不過這就是真綾嘛。

令人遺憾的是，博物館的導覽人員日語十分流利。

虧我還特地查過旅遊指南記住相關的英語會話，感覺都成了白費力氣。

旅行期間，總不會都是這種感覺吧？

如果最值得一提的英語會話就是回答牛肉或雞肉，該怎麼辦啊？

我們回到飯店，吃了晚飯、洗了澡。

整天都在一起的我們分在同一間房。換句話說真綾、我、佐藤涼子同學同房。

好歹也從早上聊到現在，已經打成一片了。雖然同班將近一年，但我好像還是第一次聽到佐藤同學說這麼多話。

「對不起。我一直以為綾瀨同學是個有點可怕的人。」

「沒這回事啦～別看沙季這樣，她可是能讓全世界哥哥都為之瘋狂的魔性妹妹喔～很寶貴吧？」

「為什麼要由真綾當我的代言人啊？」

「原來綾瀨同學是妹妹啊？」

心臟猛然跳了一下——慢著，真綾！

「啊，呃，那個……」

「屬性啦、屬性！妹屬性！」

「這樣啊。」

佐藤同學可愛地歪頭。抱歉，妳應該聽不懂吧。不過很遺憾，我也搞不太懂。

屬性是怎樣啊？

「世界上的女生分成兩種。妹妹，或者不是妹妹。」

「這不是廢話嗎？」

A，或者不是A，若要這麼分類，還有什麼不能分成兩種的？

「唉，家裡有兄弟，其實也挺煩的。」

真綾說道。她是姊姊，下面有好幾個弟弟。

「這樣就不會寂寞了吧？」

「嗯，寂寞倒是不會。不過，平常要趕弟弟們去洗澡，所以這個時段通常和打仗沒兩樣。今天就很和平，心靈好平靜啊～」

真綾說完，佐藤同學露出微笑。

聽著她們溫馨的對話，我站起身走到窗邊，眺望夜景。

第一次出國旅行。

感覺很充實，很愉快。

不過像這樣靜下心來之後，就會萌生想和淺村同學在這種新鮮環境共度一段時光的念頭。

今天分別之後，我們一直沒有再見到彼此。

能和他見個面嗎？

要不要試著用手機聯絡他呢？

飯店有提供Wi-Fi，用LINE傳個訊息應該不成問題。

好想見他。想看看他的臉。至少也要聽聽他的聲音。

一想到這裡，我就沒辦法壓抑自己的心情——

唉，為什麼淺村同學連個訊息都不傳給我呢？

我瞪著App的聊天畫面，準備讓手指滑動。

「沙季～好了啦好了啦，別在那邊眺望遠方，過來這裡～！夜景等到孤男寡女在酒吧喝酒的時候看就好～」

「真綾，妳這種想像啊，完全就是個大叔喔？」

真綾「嗚哇」地摀住胸口，倒在床上。

「奈、奈良坂同學，妳沒事吧？」

「我已經不行啦～被沙季殺掉了～嗚，這時候就該折斷沒吃完的百琪巧克力棒留下死亡訊息。」

「咦？咦？」

「妳這樣讓佐藤同學很尷尬耶。」

我苦笑著回到女生聚會裡。

此刻的淺村同學，或許也在享受與朋友們為伴的時光，只因為寂寞就干擾他和別人聊天……實在不太好。

於是校外教學第一天就此結束。

2月18日（星期四）校外教學第二天　淺村悠太

醒來看見的天花板是淺綠色，一時之間讓我搞不清楚這裡在哪裡，接著才想起自己身在異國。

「差不多該去吃飯嘍。」

聽到丸的聲音，我轉頭往旁邊看。

同房的丸和吉田都已換好衣服，讓我大吃一驚。我連忙拿起手機確認。

六點……呃，咦？

出發是九點，早餐是七點以後，原本預定的起床時間應該是六點半才對。

為什麼他們已經準備完畢了？

「有晨練的日子，這個時間我連早飯都吃完了。」

「沒錯沒錯。」

……這些體育社團的傢伙。

「淺村，探險啊，探險。陪我們來趟早飯前的探險吧。」

「……我就免了。你們可以先出門。」

丸和吉田出發進行第二次的飯店探險，我則在送走他們後悠哉地更衣、洗臉。走出洗手間，我拔掉充電線將手機塞進口袋。看見插座的形狀——三孔ＢＦ型後愣了一下。這種時候，就會讓人感受到自己身在國外。

這麼說來，第一天晚上我們就已發現這件事，不過一部分的人忘了帶轉接頭而顯得有些驚慌。

我們班也有幾個。就在這時，丸居然說「我早就料到會有這種事」而借出了預備的份，一舉成為大家的英雄。真是的，也不知該說他準備周全還是危機管理做得好。那些預備的份，該不會是他特地去買的吧？

用餐地點就是昨天吃晚餐的餐廳，所以不至於迷路。

和昨晚一樣是自助式。

早餐我打算吃得清淡一點，因此以吐司為主，分量也有所控制。昨天晚上拿的都是肉，所以這餐就多拿點沙拉。關於這點，大概也是因為綾瀨家每天早晨餐桌上都會有沙拉，讓我養成習慣了吧。

我拿著托盤環顧餐廳，丸壯碩的身軀首先映入眼簾。吉田就在他旁邊。

三個女生坐在他們對面吃早飯。都是同組的成員。

我和大家會合，打了聲招呼。今天整天都要一起行動，所以打招呼很重要。

「啊～諸君。」

吃到一半，丸突然舉起一隻手要大家注意他那裡──諸君？

「怎麼啦，丸？」

吉田野一臉訝異。嗯，的確。我也沒聽過丸用「諸君」這種字眼。

「總之聽我說。」

「……我們在聽啊？」

三個女生也顯得很疑惑。

「第二天是以組為單位，各自安排遊覽名勝的行程。」

「是啊。」

吉田說道，我也點頭。

三名女生裡帶頭的那個詢問：

「這點我們都知道……怎麼了嗎，丸同學？」

「我們想去的地方，可能剛好和其他班級的人一樣。我想在這裡確認一下。」

「光是我們班上，就有不少人想去一樣的地方呢。」

「對啊對啊，好像還有行程完全一樣的。我之前就對小涼說或許可以一起逛，希望能碰到她。」

她說，別班的朋友看見彼此行程完全一樣後嚇了一跳。

順帶一提，我們今天預定白天去動物園，晚上則是去動物園隔壁的夜間野生動物園，不過這兩個地方都是熱門景點。

大家紛紛點頭。

「嗯，因為是熱門景點嘛。說不定會剛好碰上，對吧？」

原來如此。的確有可能會這樣。

不過，為什麼要特別提起這種理所當然的事呢？

「你明白了嗎，淺村？」

丸看向我，咧嘴一笑。

「明白是明白啦……」

「那就好。」

無論如何，九點時我們這一組在大廳集合，搭乘接駁車前往動物園所在的萬禮地區。從飯店所在地往北，車程二十分鐘。這段時間，就由車上的導遊為我們導覽。

新加坡的歷史、都市開發、水資源等社會問題——關於這些，都有流暢的日語解說。第一天我就在想，不用事先學英語也聽得懂，不知究竟是好是壞。唉，就算人家用英語解說，我也不覺得自己能聽懂多少，應該要高興吧。

一開始先複習一些關於新加坡的粗淺知識。新加坡的面積約比東京23區再大上一點。我們所住的飯店接近南邊，萬禮地區在北側。距離約二十公里，從品川站到赤羽站差不多就這麼遠。

以上這些都是導遊說的。也不知是因為對日本很熟，還是因為要接待日本學生所以事先調查過，總之講得簡單易懂。

然後我們看見了今天的目的地。

新加坡動物園——

我們在停車場下車，往入口移動。這裡的綠色植物多到會讓人以為是植物園，還沒踏入園內就聽得到鳥鳴聲。

丸再三催促我們，說是時間差不多了。

「我記得沒有指定入園時間……」

商店倒是有規定的營業時間，難道他有什麼想看的表演嗎？

「喔～這不是隔壁班的淺村同學嗎！唉呀，**好巧**啊！」

突然聽到某個耳熟的聲音，我不禁「啊」地張大嘴巴。

奈良坂同學……那組？我剛剛還在想，入口附近好像有群人年紀和我們差不多。

低調站在後面的綾瀨同學，臉上滿是疑惑。

Singapore Zoo。我就這麼愣在寫著——不，貼著這些字母的入口前。

我偷偷打量奈良坂同學身旁的綾瀨同學，從她的表情看來，她好像也沒料到會在這裡遇上我。一臉困惑。

這個時候，我才想到自己完全沒確認過綾瀨同學的行程。

反正沒辦法一起逛，所以我就沒多問。

相對地，丸和奈良坂同學好像都知道彼此的安排。

我在丸耳邊說道。

「感覺有人刻意安排耶。」

「沒有勉強人家配合，放心吧。」

他那張笑臉實在讓人無法安心。

丸朝奈良坂同學那一團走去，向他們搭話。

「唉呀呀，這不是隔壁班的奈良坂同學嗎？」

「喔～你是隔壁班的丸友和同學！好巧啊～」

「還真是巧呢～」

看起來有夠做作。

丸轉過頭來，奈良坂同學也轉向綾瀨同學他們那邊。

「看來，我們要參觀的地方**偶然**地和其他班級的人一樣。這也是種緣分，我希望可以和他們一起逛動物園，大家意下如何？」

「我沒問題。這種活動就是要熱鬧一點才好嘛！」

吉田開心地這麼說道。

同組的女生也點頭。

「嗯，我也ＯＫ。不錯啊。話說回來，還有不少別的熟面孔呢。」

她以手遮陽，環顧周圍。我順著她的視線看去，發現確實有不少地方看得見水星高

中學生的身影。

「我也沒問題。大家一起逛吧～」

「啊～小涼，見到妳了！」

說著，她就伸出手要和奈良坂同學那一組的女生擊掌。那個叫「小涼」、看起來很乖巧的女生，也說著「太好了」並和她擊掌。這也就是說，早上她口中那個行程和我們完全一樣的朋友，是綾瀨同學那一組的。

嗯，就是因為同一個學校有不少人選了同一個地方，才能搭有導遊的接駁車從飯店過來嘛。所以說呢，就算在這裡碰巧遇上綾瀨同學他們那團人也不奇……不，還是很奇怪啊。

「丸，你和奈良坂同學交情很好？」

「她和誰都處得很好喔。」

話是這麼說沒錯，但我不是這個意思。

總覺得他是在轉移焦點。

排隊買票時，我再次質問丸是怎麼回事。按照丸的說法，似乎是「把大家想去的地方和他們那組對照過之後發現沒問題，時間上就互相配合了一下」，他在回答時還壓低

了聲音。

回想起來，他當時好像還特地問了句：「動物園行吧？」因為是熱門觀光景點，所以我也沒多想。

我當時只覺得，既然綾瀨同學不在，那麼選些比較保險的觀光景點應該能玩得比較開心。

「我去買票嘍。」

排在前面的人都離開了，於是丸走向售票口，將我們交給他的門票錢遞出去，買了六人份的票。旁邊奈良坂同學也做了一樣的事。

兩人都很有組長風範，確實照顧到了組員，真是不簡單。相較於在這方面做不到那麼周全的我，實在令人敬佩。

門票發下來之後，就該入園了。

彼此也沒空多說什麼閒話，這個增加到十二人的團體，一起走過新加坡動物園的大門。

位於萬禮地區的新加坡動物園，真的很大。

根據簡介，這個動物園占地28公頃——如果這麼講聽不懂，那麼說它有六個東京巨蛋那麼大，應該多少能理解它有多廣闊了吧。

對我來說，講到動物園就是上野動物園。記得那裡有三個東京巨蛋大。

換句話說，這裡是上野動物園的兩倍大。

嗯，總之很大。

園中是一片近似於自然的亞熱帶環境，能夠近距離觀賞自在度日的動物們。

雖然有柵欄也有溝渠，卻盡可能安排得不引人注目。

看上去不太像把動物們關在籠子裡。或許就是因為這樣，怎麼看都覺得動物們過得很悠哉。

話說回來，儘管我們一行人增加到十二個，卻很快就混熟了。這也是多虧社交女王奈良坂同學和丸組長的關照力。

所謂的關照力——也就是察言觀色。

這兩個人非常細心。

「各位～建個群組吧～」

奈良坂同學一聲令下，轉眼間就有了個十二人的ＬＩＮＥ聊天群組。

「好。麻煩大家先看看這個。」

緊接著，丸用相機照下看板上的園內地圖，然後發送到群組內。

他指著地圖，讓我們每個人確認現在位置。

「這個地圖上面還有日文耶。」

吉田讚嘆。

園內地圖有英文、中文，還有日文（片假名）三種標示。

看來這表示日本觀光客相當多吧。

順帶一提，園內可以使用免費Ｗｉ－Ｆｉ。公家機關對於現代通訊產品的考慮真是沒話說。不愧是新加坡。

丸為大家說明今天的參觀路線，並且分享行程讓大家存在手機裡。

「雖然應該不至於迷路，不過這裡畢竟還是很大。如果走散就立刻用ＬＩＮＥ通知，沒問題吧？」

「好～」

大家都很乖巧地回應。

「那麼，就先從白虎看起吧～！」

奈良坂同學朗聲宣告，然後一馬當先邁開步伐。

一行人紛紛跟上。

我們這群人已經把分屬不同班級這件事拋到腦後，混在一起聊天。大家看來都很開心，可以說丸和奈良坂同學得逞了吧。

大家一起玩啊。

配合團體行動、大家玩在一起，以我原本的性格來說，根本連想都不會去想。我知道我向來只顧自己。

不過，暑假去了一趟泳池之後，我開始覺得和別人交流也很重要。

儘管有了這種想法，卻不代表能立刻適應、輕易做到。

話雖如此，不過丸和奈良坂同學的關照力實在很強大。

他們會適當地挑話題丟出來，協助大家盡快熟悉彼此。

即使碰上我和綾瀨同學這種真要說起來比較喜歡單人行動的，依舊發揮得淋漓盡致，也因此我和綾瀨同學至少表面上都還能微笑以對。

不過，這裡有個出人意料的盲點。

一旦綾瀨同學成了我的談話對象，或者我成了綾瀨同學的談話對象，雙方都會突然

變得冷淡，於是對話無疾而終。

日常生活有很多話可聊的對象，一到了這種不屬於日常生活的特殊場合，相處起來就突然變得很彆扭，這點實在很詭異。

不過，我和綾瀨同學都有個預感，那就是我們一旦聊起來就會進入兩人世界。

丸和奈良坂同學要讓這個多達十二人的動物園攻略團隊能順利達成任務，如果我們兩個丟下其他人自己聊個不停，等於糟蹋了他們的努力。

好想和她說話。好想聽她的聲音。

念頭實在太過強烈，感覺愈來愈難以克制。而要是這麼做了，我們的關係大概很快就會穿幫。

好比說，聊天時突然有人擠進來，冒出一句「感情真好耶！」恐怕光是這樣就能讓我們說不出話，然後引來更多的調侃。

因此，我刻意避免和綾瀨同學說太多話。

綾瀨同學的應對，看來和我如出一轍。

結果，變成明明和剛認識的別班同學都有得聊，我和綾瀨同學卻不知為何總是聊不下去。

「你們感情真好耶～」

聽到吉田的聲音，我的心臟頓時縮了一下。

「——丸，你什麼時候和奈良坂同學那麼熟啦？」

原來不是講我。

「哪有什麼？因為是組長嘛。」

「是啊～組長和組長感情當然好呀，因為是組長啊。」

「……是這樣嗎？」

「是啊。」

「對呀！」

「原來是這樣啊。那就算了。」

吉田很單純地接受了這個解釋。

我倒是有點疑惑。

雖然不曉得讓丸和奈良坂同學這麼要好的契機是什麼，但如果只因為是組長就這麼要好，那其他組長呢？

我突然想到一件事。這麼說來，我和綾瀨同學是沒有血緣的兄妹這件事，丸和奈良坂同學也都曉得。

對喔，丸和奈良坂同學有共通點。

兩人都知道我們的祕密。

雖然丸並不知道我和綾瀨同學在交往……應該吧。照理說奈良坂同學也不知道才對……應該吧。

話雖如此，但如果「我和綾瀨同學是兄妹」這件事成了兩人之間的話題呢？

會不會是兩人互通有無，聯手安排這種狀況——？

想到這裡，我仔細打量丸和奈良坂同學。

丸不時看向手機，視我們一行人的進度調整行程，用ＬＩＮＥ分享給大家。

奈良坂同學則祭出用不完的話題，努力讓十二個人都能平等地參與。

——或許是我想太多。

丸也好、奈良坂同學也罷，他們就算擔心我和綾瀨同學的兄妹關係，也不至於為了這點小事把周圍的人牽扯進來。以他們的性格來說，不會只為了某個人就扭曲其他人的愉快行程。否則，他們當不了需要費心整合全隊的捕手，也沒辦法成為交遊廣闊的社交女王。

實際上，丸和奈良坂同學對於所有人的關注程度看起來都一樣。

我和綾瀨同學不過是其中兩個。

剛剛就同時把話題拋給我們了。

「你們兩個喜歡哪種動物？」

「樹懶。」

「老虎吧。」

「嘿～真意外。淺村同學看起來是個很勤快的人耶，感覺下廚做菜還什麼的都會幫忙。欸，沙季也這麼想對吧？」

「……我覺得樹懶也很合。」

綾瀨同學小聲回應。

「喔！這樣啊～？淺村同學，人家說你是個和樹懶很相配的男生，請問你感想如何？」

「這我很難回答。」

「不是說你懶惰喔。」

綾瀨同學對我說道。

「我知道。」

「那就好。」

這幾句講完，我們都注意到情況不對，於是閉口不語。

對話又結束了。

走在前面的丸和奈良坂同學各自嘆了口氣。

「我啊～應該比較喜歡鱷魚先生吧～嘎喔～」

「我覺得鱷魚應該不會『嘎喔～』地叫。」

「嗯，我大概能明白綾瀨為什麼喜歡老虎。」

「同感～因為很帥氣嘛。」

「是、是嗎？」

大概是沒想到人家會說自己很帥氣吧，綾瀨同學有點不好意思。

奈良坂同學立刻吐槽，引來一陣笑聲。多虧了她的掩護，我和綾瀨同學才不至於破壞氣氛。

如果她不要同時把話題扔給我們兩個，就能應對得更像樣了。

我們一直在動物園逛到傍晚，才轉移陣地到隔壁的夜間野生動物園。

夜間野生動物園是晚上七點十五分開放。

這時間太陽差不多已經下山，半片天空染成藍色。東方天際更是漆黑如墨。

之所以這種時間才開放，則是因為觀察夜行性動物方便。

開門得晚，所以關門時間也晚至午夜零點。當然高中校外教學沒辦法留到那種時間。

「雖說晚餐在這邊吃，不過嘛，就寢時間預定是晚上十點。沒多少時間喔。」

丸說道。

於是，我們急忙趕往「夜晚的精靈動物表演（Creature of the Night Show）」。這是夜間野生動物園很受歡迎的節目。

它會在歡樂氣氛中為觀眾介紹登場的動物們。

而且，除了眼前的動物之外，還能聽到動物們的啼叫聲從四面八方傳來，不絕於耳。像是「咕～」或是「嘰嘰」之類的。我連他們是獸是禽都不曉得。周圍充斥著各式各樣的聲音，比我想像的還要誇張。我這才發現，原來夜晚意外地熱鬧。

看完了約有三十分鐘的表演後，我們先到處走走，等到餓了就去園內的餐廳吃晚飯。

這是自助式的餐廳，還能享受前方舞台的音樂演奏。

我看見舞台上有位女性自彈自唱。不過，當時我把注意力放在菜色上，所以沒有特別留心那邊。

我拿著托盤入座。大家已經開動了。

「歌聲真不錯呢。」

丸突然冒出這麼一句。

「嗯？」

「不知道是不是這裡的音樂。」

我順著丸的視線看過去。

他看著那位在舞台上自彈自唱的女子。

我先是疑惑，接著腦袋才接收到音樂和歌聲。好像有點耳熟。

「那不就是昨天的大姊嗎？」

對丸這句話產生反應的只有我們這一組的成員，奈良坂組則是「怎樣怎樣？」地問。奈良坂同學他們那組昨天好像也是參觀博物館，不過似乎沒注意到。

「那個歌手，昨天就在博物館前唱歌。」

我說出這句話時，那位女子似乎正好唱完，另一位樂手登台。

女子就這麼往吧台移動，向調酒師搭話。

琥珀色液體倒進了高腳杯。

手裡拿著杯子的她並未坐下，而是環顧周圍。不知道是不是在找空桌。

我起先這麼想，卻發現她往我們這邊走來。

咦，怎麼回事？我還在思考怎麼回事，她已經走到這邊用英語向我們搭話。

奈良坂同學點頭回應。

「她在說什麼啊？」

丸詢問奈良坂同學。

「完全聽不懂。」

「喂。」

「呃……遮為大姊、is、憂、中麼始嗎～？」

奈良坂同學邊說邊比手劃腳。

根本就是日語。

「奈良坂，就算妳模仿英語腔，這樣還是等於在用肢體語言溝通喔。妳不是說妳很擅長英語嗎？」

聽到丸這麼說，奈良坂同學不好意思地嘻嘻笑。

「用紙筆的話很擅長喔～我的分數比丸同學還高吧？」

「一想到輸給這種貨色，就讓我不甘心得晚上都睡不著覺。開不了口還不是都一樣。」

「英語能力又不是只看口說能力。」

「還嘴硬。難得有人來找我們講話，至少多撐一下嘛——」

「我說啊，丸。她說話的時候指著我們耶。」

吉田說的沒錯。女子指著我們說了些什麼。

不會說當地語言的我們，顯然是旅客。

也就是說，搞不好——

「我想，她應該是問『你們是什麼人？』『從哪裡來的？』之類的問題……」

才剛說完。

我就聽到身旁傳來英語。

女子先是愣了一下，隨即往那邊看。她頓時像機關槍般冒出一大串英語。我們原本就已經聽不出她在講什麼了，現在又講得那麼快……

然而，某人用不輸給她的高速回了一串英語。

差不多在我發現這聲音很耳熟時，卻聽到奈良坂同學說：「沙季，妳好厲害。」咦，綾瀨同學？

轉頭一看，用英語回答的人確實是綾瀨同學。

……她和我對話時，講得應該沒這麼快吧？

該不會因為對象是我而手下留情？英語能力總不可能一天增進那麼多，想來就是這樣吧。

整組人都來回看著綾瀨同學和手持酒杯的女子。

「原來綾瀨同學會說英語啊。」

奈良坂組的男生也嚇了一跳。

「其實我只用了比較簡單的字……呃，剛剛淺村同學的推測大致上正確。她問我們是什麼人、從哪裡來。」

「窩悶是底秋人。」

奈良坂同學一隻手拍著喉嚨讓聲音抖動，講了個傳統的宅笑話。呃，真要這麼講的話，人家也是地球人啊。

看吧，這不是害得人家愣住了嗎？

「我說啊，奈良坂，這時候不該講這種會引發星際問題的笑話吧？」

不，會扯到星際問題才奇怪吧。

在場所有人應該都是地球人吧？

「丸同學，幽默是讓交流順暢的潤滑油喔～」

「要看時間和場合。所以，對於這個問題，綾瀨是怎麼回答她的？」

聽到丸這麼問，綾瀨同學對奈良坂同學露出苦笑。

「我告訴她，我們是從日本來的學生，目的是校外教學。所以放心吧。」

「真無聊～」

「真綾妳啊，要是讓人家誤解該怎麼辦？然後，她的名字叫梅莉莎‧吳。」

聽到綾瀨同學這幾句話，丸回答：「喔，的確有印象。」這麼說來，昨天盯著許可證的丸好像有看到幾個疑似名字的字母。

「梅莉小姐？」

「不對，真綾。梅莉莎，梅莉莎．吳小姐。她說，她雖然在這裡唱歌，但是想問問日本來的年輕人聽到自己的歌有什麼感想。」

大家讚嘆地表示「原來如此」。

這位自稱梅莉莎的女性看上去二十來歲。面帶微笑的她找了個空位坐下，然後說了一兩句話。

「她說：『能不能聽聽你們的感想？』」

「綾瀨要幫我們翻譯嗎？」

丸這麼問，綾瀨同學點頭。

「可以啊。雖然只能盡力而為。」

「嗯。萍水相逢也是種緣分，難得有個國際交流的機會。怎麼樣啊各位，剛剛你們都有聽到梅莉莎小姐的自彈自唱吧？有沒有什麼感想？」

「真是beautiful又wonderful！」

吉田說道。

聽到這句話，梅莉莎微笑著說：「Thank you.」好歹這個我還聽得懂。

「她聽懂了耶！」

「呃，這樣算嗎？」

丸苦笑著看向我。

「淺村，你怎麼說？」

「呃……這個嘛。昨天也唱過同一首歌對吧？那首歌是民謠嗎？我覺得非常動聽——大概這樣吧。綾瀨同學，可以麻煩妳嗎？」

「嗯。呃——」

我盡可能將感想切成比較簡短的文句，讓她在翻譯時能夠直譯，不知道這樣行不行？我的顧慮似乎是多餘的，綾瀨同學將我說的那幾句話轉換成英語時相當流暢。綾瀨同學翻譯完畢後，原先默默聽著的梅莉莎露出燦爛的笑容，然後高速對我發射一連串英語子彈。

我想，她應該很高興吧。

丸也催著其餘成員講他們的感想，然後綾瀨同學用英語轉達。比較複雜的說法綾瀨同學似乎還做不到，偶爾會看見她瞪著天花板沉吟，然後擠出英語回答。

即使如此，梅莉莎依舊很開心地聽著綾瀨同學轉述的感想。

「弄好了！」

奈良坂同學喊道。

我好奇地看過去。奈良坂同學把手機對準梅莉莎，然後觸碰螢幕。接著，手機播放出以女性語音說的英語。

句子相當長，梅莉莎先是露出吃驚的表情，隨即轉為開心的笑容。

「嗯！我剛剛很快地寫完感想並丟去翻譯成英語，然後讓工具把它唸出來！」

「該不會是自動翻譯吧，奈良坂？」

「還有這招啊。」

丸似乎很佩服。

真是個方便的時代啊。

「早知道這樣，一開始直接拜託真綾就好了。」

綾瀨同學說道。

「不對喔，沙季。只靠這孩子沒辦法傳遞情緒呀。交流不是只靠言辭喔～它連表情都沒有對吧？」

奈良坂同學口中的「這孩子」是指手機。說得更精確一點是可以用手機連上去的翻譯&朗讀工具。

原來如此。

綾瀨同學轉達大家的感想時，表情也會配合轉述的內容而有些許變化。說歌聲充滿熱情時，就會用比較堅定的語氣；說很像民謠有令人懷念的感覺時，則會露出緬懷的表情。

如果不加上能配合內容做出表情的虛擬人物，自動翻譯確實還是有它的極限。

「是這樣嗎？」

「就是這樣。看，人家好像在感謝沙季喔。」

梅莉莎站起身，來到綾瀨同學身旁，摟住她說了些話。梅莉莎看起來很開心，還拍了拍綾瀨同學的肩膀。綾瀨同學面露苦笑，似乎有點痛。

這時候，梅莉莎突然抬起頭來。

一名個頭高大的男性喊著她的名字，朝我們這邊走來。

梅莉莎變得比先前更加開心，撲進男子懷裡。

緊接著，旁觀的我們全都大為動搖。女生們發出尖叫，男生們啞口無言。

梅莉莎和那名疑似她男友的男子，就在我們面前熱吻。

「在大庭廣眾之下……！」

「冷靜點，吉田。人家在接吻。那是打招呼。」

丸出言安撫。

「可是——」

「好啦男生！不要一直看！」

不過奈良坂同學自己也盯著人家看啊。

「淺村同學，真虧你能這麼冷靜耶。」

「我也吃了一驚啊。」

確實令人驚訝。當著群眾面前那樣如膠似漆地貼在一起，難道不會覺得難為情嗎？

不過，我突然注意到一件事。

這個畫面，是不是在哪裡見過？

不是有一對當著青春期兒女面前如膠似漆甜甜蜜蜜的再婚夫妻嗎？

那兩人毫無疑問是一對笨蛋情侶。雖然沒有擁抱或接吻，但我覺得難為情程度應該是他們比較嚴重。

一想到他們兩個平常的樣子……唉，既然是情侶，會這樣也很正常啦。於是我就冷靜下來了。

當然，這並不代表不會難為情。

不過，雖然有這種感覺，但在看見梅莉莎他們接吻得如此光明正大後，就讓人覺得這種行為十分自然。就像白天到現在已經見過許多次的野生動物日常行為一樣。

接吻完，梅莉莎緩緩和男友分開，然後轉頭對我們說了些什麼。

按照綾瀨同學的說法，她似乎是在問我們住哪裡。

告訴她最接近的公車站名之後，梅莉莎說她住的地方也在附近。由於回程要利用大眾運輸交通工具，所以她和我們搭同一班車。和她擁吻的男子好像住在不同方向，所以沒上車。

我們搭公車到飯店附近的站點。

這段期間，綾瀨同學一直在和梅莉莎聊天。

在飯店櫃台前，我們和奈良坂同學那一組及同組的女生分別，不過直到進房間為止，吉田都在說「那個吻好厲害」。

我想，他今天的回憶恐怕都要被最後那段刺激的熱吻場景蓋掉了。回程途中似乎有好幾個女生一直紅著臉。

至於我，倒是沒那麼難為情或在意他人目光，反而覺得自己目睹了一種自然的形態。

情侶的原貌。

想著想著，腦袋裡冒出一個模糊的念頭——明天是只決定要「逛聖淘沙島」的自由行動日。這麼說來，綾瀨同學他們那組好像也要去同一座島。

今天有幸和綾瀨同學共度了一段時光，雖然不長，但是很開心。

就在我準備睡覺時，手機突然震動。

看見冒出來的通知，我的心臟猛然跳了一下。

是綾瀨同學……

【明天的聖淘沙島，我想兩個人一起逛。可以嗎？】

看見她的提議，令我大吃一驚。

接下來的訊息裡寫著，似乎只要不離開島就不需要六個人待在一起，幾乎等於自由行動，所以沒關係。

原來綾瀨同學他們也是啊。

我還記得丸在旅行前那次班會說的話。

『第三天的聖淘沙島，只要不離開島上，應該可以隨各人喜好自由活動吧。要買土

產也可以，要到處閒晃欣賞景色也可以。』

那時候組員們也只有「規定寬鬆真是太好了」的好評。

我原本只覺得，到時候應該會和丸一起逛。沒想到，綾瀨同學他們那組的行程也是這麼寬鬆。

說不定，丸和奈良坂同學也想和別班的人一起逛，所以才兜個了圈子安排這麼巧妙的行程？

應該是我想太多吧。

我反覆閱讀綾瀨同學的提議，陷入沉思。

雖然我也想和她見面，但如果要脫隊，至少得和組長丸說一聲吧。儘管離隊理由應該不需要解釋，不過他有可能找我一起吃飯或買土產。

不，丸曉得我和綾瀨同學是兄妹，說我們兄妹要一起逛應該就行了吧。

我看向旁邊，丸和吉田已經呼呼大睡。

容易入睡這點也很有運動社團的風格呢。人家都說睡得多才長得大嘛。

我一個字一個字地在ＬＩＮＥ的回訊欄輸入回應。

【知道了。我會和同組的人講，至於什麼時候離隊之類的正式回應，希望可以等到

明天。】

我這麼輸入之後，發送訊息。

訊息瞬間變成已讀，她只回了個【ＯＫ】。

起床之後，我打算私下告訴丸要和綾瀨同學一起逛這件事。然後，在前往聖淘沙島之前找個時機聯絡綾瀨同學。

這讓我鬆了口氣，睡意跟著上湧。儘管如此，我還是覺得好像忘了什麼，無法安心入睡。想了一下之後，我才注意到她傳的訊息和我有什麼差異。

她坦誠地表達出【想一起逛】的心情，我卻只提到行程。光是這樣，沒辦法讓她了解我的想法。

我看著手機顯示的時間。

22：30。

她說不定已經睡了。或許會吵醒她。

即使如此——

【我也想和妳一起逛。】

我做了個深呼吸，下定決心發送訊息。

跳出已讀的同時，她回了一個看起來很囂張的貓笑臉貼圖。

她是不是第一次回我表情貼圖？感到驚訝的我，在鬆了口氣後敗給睡魔，就這麼落入安眠的深淵。

夢中——

晚上在餐廳看見的接吻場面浮現眼前。

不知不覺間，兩人的臉換成了我和綾瀨同學。

2月18日（星期四）校外教學第二天　綾瀨沙季

旅行第二天。早上起床時發生的事。

坐在隔壁床上的真綾一邊努力梳著頭，一邊告訴才剛醒來的我：「今天要和淺村同學他們一起逛喔～」

我當下心想，這是怎麼回事？

「這是怎麼回事？」

內心所想脫口而出。

「就是字面上的意思呀？涼涼也有聽到吧？」

真綾對另一邊的床說道。

「嗯嗯～？」

睡眼惺忪的佐藤涼子同學坐起身來，揉了揉眼睛。

「……淺村同學……是誰？」

「隔壁班的啦。丸同學和淺村同學還有……唉呀，之前說過吧？就是涼涼妳朋友她們那一組喔。」

「啊……是。嗯。我知道了。」

她好像還沒清醒，這樣沒問題嗎？話說，聽起來好像她早就知道這件事？

「等、等一下真綾。我沒聽說耶。」

「因為沒講啊！」

「為什麼！」

「驚喜就因為是驚喜才讓人開心對吧？」

為什麼校外教學需要驚喜啊？

而且，我記得今天不是能隨意行動的日子，要和大家一起移動吧？

「今天不是小組行動的日子嗎？」

真綾「嗯」地點頭。她露出天真無邪的純真笑容——世上怎麼會有如此不值得信任的笑容呢。

「我們這一組啊，今天要去動物園和夜間野生動物園。」

「這我知道。」

「然後呢，很巧的是，隔壁班丸同學那一組好像也要去動物園和夜間野生動物園喔～哇，怎麼會有這麼美好的巧合啊。」

「喂。」

「所以啊，這種時候呢，基於水星高中同學年的情誼，我們不是該積極地與對方交流，讓這趟校外教學變得更充實嗎～！就是這樣。」

「什麼叫『就是這樣』啊？」

「嗯？我說的話有什麼奇怪的地方嗎？沒有吧，涼涼。」

「嗯。妳說得很對。我很高興能和好朋友一起逛。」

這樣啊，佐藤同學在隔壁班有朋友……

不過……我們……

真的要和淺村同學他們那組一起行動嗎？

那麼，原本以為這趟旅行途中都見不到他的我……話說回來，這樣好嗎？

「呃，這種事可以擅自決定嗎？」

「沒有擅自決定呀？大家一起安排行程時，沙季妳也在場吧？」

「啊～」

我試著回想當時的情景。

由真綾擔任組長的我們這組一共六人，包含兩個班上比較皮的男生、一個和那兩人交情好但很穩重的男生，加上不太積極與人交流的我以及佐藤涼子同學。

提交小組預定行程時，班導師還說「奈良坂同學，妳幫了個大忙」，看來真綾是不動聲色地把比較不適應團體行動的人湊在一起了。

我不太懂該怎麼配合周圍的人，這點我也有自覺。

所以我很感謝真綾。

我還記得，她在安排行程時為大家整理了資料，裡面連候選地點哪邊吸引人都有列出來，最後更是向每一個組員都確認過之後才彙整出結果，稱得上是無微不至，我們只需要挑選就好。她都讓大家輕鬆到這種地步了，我們實在沒理由抱怨。

話是這麼說——

「大家都不肯放過那些觀光必去的地點，真的幫了大忙喔。雖然我們早就已經講好，如果要去的地點一樣，就把兩邊的時間湊在一起，不過……」

「和誰講好？」

「唉呀～沒想到從頭到尾都一樣呢～」

啊，結果還是沒講。是誰啊？淺村同學？不，如果是他，照理說應該會告訴我才對。

「順帶一提，明天的聖淘沙島之行也一樣喔。」

「明天也是？」

「沒錯沒錯。對吧，涼涼？」

「嗯，真開心。」

「至於本組男生……嗯，好像都不認識那邊的男生。反正丸同學已經講了會幫忙協調。」

「……丸同學是淺村同學的朋友對吧？原來真綾妳和他很熟啊？」

「我們都是組長呀。」

都是組長就能這麼快混熟嗎？

「唉呀，機會難得，希望他們可以和那邊的男生也交個朋友。還有，得先警告他們別對那邊的女生亂來才行～」

原來如此，全都安排好了。

整理完頭髮的真綾把身子探向我這邊，戳著我的膝蓋小聲說道：

「可以和哥哥一直待在一起喔？」

她把手放在嘴邊竊笑。

「真綾！真是的！妳在講什麼啊？」

我出乎意料地大喊，讓另一邊床上的佐藤同學縮了一下。糟糕，我沒有要嚇她的意思啊。

「抱、抱歉。我聲音太大了。」

「沒關係……」

「所以就是這樣，今天大家開心參觀動物園吧！好啦，趕快去吃早飯，Let's go Singapore Zoo！」

真綾中氣十足地用片假名發音的英語這麼宣告完，隨即跳下床鋪。

「那些動物正在等待我們！」

她伸出拳頭這麼說道。

我搖頭聳肩。變成這樣的真綾，已經沒人攔得住了。

不過……這樣啊。

今天可以和淺村同學一起逛動物園嗎……這樣啊。

差不多就在我們抵達新加坡動物園門口時，淺村同學他們也到了。

只不過一天沒見而已，看到他的臉卻令我鬆了口氣。

今天要和在這裡會合的淺村同學他們那組共同行動……也就是十二個人一起參觀動物園和隔壁的夜間野生動物園。

仔細一想，這麼多人一起做某件事，或許還是去年夏天泳池行之後的第一次。

淺村同學的友人丸同學和真綾——兩個愛照顧人的組長，將這個臨時湊在一起的團體照顧得很周到。

這就叫包容力嗎？

他們還會不時把話題拋過來——

「欸欸，淺村同學、沙季，你們兩個喜歡哪種動物？」

我們在園內漫步，真綾邊看動物邊這麼問，淺村同學則是乾脆地回答：「樹懶。」

樹……懶？

「喔～真意外。淺村同學看起來是個很勤快的人耶，感覺下廚做菜還是什麼的都會幫忙。欸，沙季也這麼想對吧？」

「……我覺得樹懶也很合。」

慢著。仔細一想，她是問喜歡怎樣的動物，當事人並沒有把自己想成樹懶吧？

不過，總覺得和淺村同學待在一起時就能放鬆。還是該說時間流動得很悠閒？我是針對這點覺得很合，並不是說淺村同學……

「不是說你懶惰喔。」

「我知道。」

「那就好。」

呼。剛剛有點慌。

一在大家面前和淺村同學講話就會莫名地緊張。明明在家只有兩個人時可以那麼輕鬆。

而且，淺村同學看起來也刻意避免和我交談。因此，明明距離這麼近，感覺上卻比平常還要遙遠。

在太陽即將下山時，我們轉移陣地到夜間野生動物園。

近距離觀賞夜行性動物之後，我們移動到餐廳吃晚餐。

這家店是自助形式。我隨意拿了一些，回到大家所在的那張桌子。走了一整天，肚子實在是餓了。

歌聲真不錯呢——丸同學說道。

他是指在舞台上自彈自唱的女性。女歌手唱完走下舞台，將樂器放到一旁並且往吧台移動。她接過高腳杯之後，不知為何來到我們坐的這一桌。

四目相視。她對我微笑。

會不會是日本人或某個南亞國家的人啊？看上去二十來歲。帶有些許波浪捲的金髮，垂至紅色禮服的肩頭。從禮服兩側的開衩能一窺她修長的美腿，即使同為女性，看了也不禁怦然心動。

她的目光緩緩掃過我們，然後以英語向我們搭話。

『我是梅莉莎．吳。你們是從哪裡來的？日本？』

雖然這幾句英語不難，但可能是因為講得快吧，大家都愣住了。

『你們剛剛有看舞台表演吧？怎麼樣？我還在修行，如果你們願意把真實的感想告訴我，我會很高興的。』

說完，她再度展露笑容。

不過，我們這群人裡沒有一個開口。大概是因為她飛快地講了一大串英語吧。

梅莉莎等了一會兒後，露出有些失望的表情。畢竟我們一句話也沒說，或許會讓她以為我們無視她的存在。她是不是認為我們聽不懂英語啊？怎麼辦？我勉強聽得懂就是了。

就在我猶豫時，淺村同學說：「我想，她應該是問『你們是什麼人？』『從哪裡來的？』之類的問題……」

對，就是這樣。

『那個……梅莉莎小姐。我們是從日本來這裡校外教學的。』

我一回答，梅莉莎立刻轉向我這邊。

「校外教學！那麼，是國中生嘍？六個男生和六個女生啊。你們看起來感情很好耶。真不錯！還有，以你們的年齡來說，是不是沒聽過這種音樂？會不會覺得很陌生？是不是唱些你們認得的通俗歌曲比較好啊？像是動畫歌之類的。」

國、國中？

咦？我們的年紀看起來那麼小嗎？

『我們是高中生，高中二年級。從日本東京來的。』

總之先這樣回答。

「沙季，妳好厲害～」

「原來綾瀨同學會說英語啊。」

不不不，如果她講慢一點，大家應該就聽得懂了。淺村同學剛剛也有大致聽出她在講什麼。

我擺擺手否定，表示自己沒那麼了不起。

「呃，剛剛淺村同學的推測大致上正確。她問我們是什麼人、從哪裡來。」

我這麼告訴大家，結果真綾卻開了個聽不懂的玩笑，反倒被丸同學吐槽。真綾真是的。看吧，梅莉莎小姐這不就愣住了嗎？淺村同學也在擔心會不會造成什麼奇怪的誤解。

「我告訴她，我們是從日本來的學生，目的是校外教學。所以放心吧。」

「真無聊～」

「真綾妳啊，要是讓人家誤解該怎麼辦？然後，她的名字叫梅莉莎·吳。」

然後我告訴大家，她想聽聽我們對她的歌有什麼感想。看樣子，恐怕我不得不負責將大家的感想翻譯成英語了。

「淺村，你怎麼說？」

我的心臟猛然跳了一下。沒想到，偏偏得從淺村同學的感想開始翻譯。我總覺得，淺村同學就算只是單純地把字詞串在一起，一樣能夠把自己的意見表達出來……

嗯——必須仔細聽。

我一邊聽淺村同學說的話，一邊在腦中組織英文。可能是因為最近養成了聽到英語就用英語思考的習慣，有種面對英文筆試卻要讀日文問題再用英文寫出來的異樣感，處理起來反而變得麻煩……

這麼一想，那些腦袋裡可能隨時有兩國語言來回的即時口譯工作，和單純翻譯相較，應該有些不一樣的辛苦之處吧。

『梅莉莎小姐，他是這麼說的。昨天也唱過同一首歌對吧？那首歌是民謠嗎？我覺得非常動聽。』

淺村同學將感想分成簡短的句子說出來，因此比較容易轉換成英語。

『呃，他昨天有來博物館？』

「對。」

「這樣啊。那麼，就是第二次聽我的歌了呢。嗯。我剛剛唱的，是這地方以前流行的歌喔。在這裡應該很容易聽到吧。他不是說我唱得好而是稱讚我唱得動聽，這讓我很開心。謝謝。」

我將她的回應翻成日語轉達。

在翻譯之前，我看見我們這團裡有幾個人輕輕點頭。他們可能已經大致聽懂梅莉莎小姐在說什麼。其他人聽到我轉述的那幾句話之後，好像也明白那是在道謝了。

之後不用丸同學催促，大家就一個接一個地說出感想。我則是盡可能正確地把這些話都翻成英語告訴梅莉莎小姐。碰上比較艱澀的說法時，我的腦袋就會停擺，在腦內找到對應的單字、片語、文法需要時間。

就在我認為大家感想已經說得差不多時，原本一直在把玩手機的真綾突然抬起頭。她將手機對著梅莉莎，以手指在螢幕上操作。平常當成電話使用的電子終端設備，開始用機器語音說話。

一段相當長的英語。真綾似乎是把日語感想翻成英語，然後用工具朗讀。起先一臉驚訝的梅莉莎，正專心地聆聽。

感想的內容很符合真綾的作風，誠實地說出以她的感性怎麼看待梅莉莎的歌，又從歌裡感受到了些什麼。

梅莉莎聽著聽著就笑了出來。

是否有完美地翻譯出來、究竟朗讀的是不是原文，這些我並不清楚。但是就我聽到的部分來說，沒有什麼奇怪的地方，讓我再次體會這是個便利的時代。不過嘛，假如我也試著做同樣的事，恐怕光是用手機輸入那麼長的文章就得花費不少時間吧。

「早知道這樣，一開始直接拜託真綾就好了。」

這讓我有點白費力氣的感覺，牢騷不禁脫口而出，然而真綾立刻否定。

她說，手機的機翻朗讀無法傳遞感情和表情。

原來如此。

「看，人家好像在感謝沙季喔。」

真綾這麼一說，梅莉莎就像聽到真綾這句話似的站起身，繞過桌子來我這邊，摟著我的肩膀說道：

『妳叫什麼名字？就我剛剛聽到的是叫沙季，對嗎？』

『呃，對，我叫沙季。』

啊，原來她有聽出我的名字啊——我腦中冒出這個念頭。

『嗯，很可愛的名字耶！沙季，多虧有妳在，我才能聽到日本高中生親口說出感想。真的很謝謝妳！』

她笑著拍拍我的肩膀，有點痛。不過，看她那麼開心，我想這應該是她表達好感的方式。

『欸，沙季。我還沒聽到妳的感想耶。』

這麼說來，還真的是這樣。

『非常棒，真的。』

『這樣啊～謝謝。新加坡怎麼樣？是個好地方對吧？玩得開心嗎？』

『嗯，沒想到是這麼漂亮的城市。雖然有點熱。』

『啊哈哈，因為日本還是冬天嘛！欸欸，你們看起來都很要好，妳的男友也在裡面嗎？』

『咦！』

男、男友？

『沒錯。應該有吧？畢竟沙季是大美女嘛，周圍的人不可能放著不管的。告訴我嘛，妳的男友是誰和誰？』

咦？啊？

誰和誰是指……咦？我是不是聽錯了？

『妳的表情……看來就在這裡對吧？』

我倉促間看向淺村同學，然後連忙挪開目光。不，慢著，為什麼別人的私事她問得這麼直接啊？還是說，我對英語的理解出了差錯？

確實，和我平常聽慣的英語相比，梅莉莎講得不太容易聽懂，因為是口語嗎？或是新加坡腔？還是她用的英語比較特別？至於是哪一種我就不清楚了。總之她剛剛問得似乎相當直接。所以也有可能是我解釋錯誤。有可能。

『我、我沒有男友！』

『是嗎？』

她瞇起眼睛，微微一笑。居然擺出一副「我很清楚，所以老實招認吧」的表情講這種話，啊，確實純看字面不會懂她的意思……真綾說的對！不是啦——

正當我有些驚慌時，梅莉莎卻突然把放在我肩上的手拿開了。

有個呼喚梅莉莎名字的男性走近。梅莉莎撲進他懷裡，接著突然就在我們面前吻上去。

我還以為心臟要從嘴裡蹦出來了。

大吃一驚的我，轉身背對他們。於是看見了大家的表情。

儘管面露驚色，每個人卻都盯著梅莉莎那個吻。

「好啦男生！不要一直看！」

說出這種話的真綾，反倒是看起來最興奮的那個人。

我戰戰兢兢地把目光轉回去。

他們還在親。

梅莉莎和那個男人互相擁抱，身體緊緊貼在一起。

吻完後，梅莉莎緩緩將臉挪開，轉頭看向我這邊。

『你們住在哪裡？』

我當場愣住，反應慢了一拍。

然後才想到她是在問我們的住宿地點。

我和真綾商量過後，回答最近的公車站牌。只有這樣應該不成問題吧。

梅莉莎聽了之後，表示她家也在同一個方向，問我們回程要不要同行。

反正接下來就要回飯店，所以我們表示同意。

而且，坐上公車之後，我和梅莉莎一直用英語交談。

雖然沒想到會以這種形式做到英語會話實戰，不過有達成自己一開始的目標令人開心。梅莉莎用的英語有很多字詞聽起來像是俚語，所以我不敢說自己能完全聽懂，但彼此想說的應該大致上都有傳達給對方。

至於聊天的內容呢，都是些不著邊際的小事。

像是日本現在流行什麼、彼此喜歡什麼歌……之類的。梅莉莎好像很喜歡日本的動畫和漫畫，搬出好幾個屬於這範圍的話題，但是我對這方面不太清楚，沒辦法回答。

是不是該問問真綾啊？

不過，真綾忙著炒熱氣氛。要負責照顧大家還真是辛苦。

那位和梅莉莎接吻的男友，在餐廳分別之後就沒見到人影了。大概是回家方向不一樣吧。

我們在飯店附近的公車站牌一起下車。梅莉莎和我們道別後，便往馬路對面走了。

我向她揮揮手，告訴她希望還能再相見。

我們就這麼回到飯店。走回飯店大廳的途中，我一直在和丸同學那組的女生們閒聊。今天一天就熟到能記住彼此的長相和名字了，對我來說應該是個很大的進步吧。

好像只要和真綾待在一起，認識的人就會在不知不覺間愈來愈多。

在櫃台拿了鑰匙後，大家就地解散。回房間途中，我的手機接連收到訊息。群組聊天室裡出現「今天玩得很開心」、「晚安」之類的訊息。雖然只是些無關緊要的話語，但是看著看著就讓人心頭一暖。

我也傳了句「很開心」。

然後，我試著在只有女生的群組裡，傳了一個貓笑臉貼圖。這應該是真綾常用的那個吧？結果，大家先後回傳貼圖。雖然都是笑臉，不過每個人用的角色都不一樣。這種時候就能看出每個人的特色。真綾的貼圖我不太熟，是個外型粗獷的機器人「嘎哈哈」地笑。這什麼啊？

回到房間，我換上家居服，把制服掛起來避免它變皺，卻發現裙子有個地方稍微裂開。

幸好沒有變成破洞，只是接縫處的線有些許脫落。

也許是在動物園或夜間野生動物園勾到樹枝而稍微扯了一下。雖然不算顯眼，但還是會讓我介意，而且放著不管可能愈來愈嚴重，做點緊急處理比較保險。如果要把它重新縫好，大概要等到回日本後送去裁縫店。

我翻找行李箱，發現自己犯了個錯誤。沒帶針線組。怎麼辦？找同房的借嗎？真綾或佐藤同學應該至少其中一個有帶。

「呃……」

我抬起頭想開口，卻發現佐藤同學正在用ＬＩＮＥ和別人通話。我想，大概是那個叫美櫻的女生。她們似乎在回顧今天發生的事。平常總是安靜低調的佐藤同學笑得很開心，總覺得不該打擾她。

真綾……拿著手機不知道在玩什麼。

嗯～感覺打擾她也不太好。

我確認現在的時間。

這時間勉強還能外出。當然，不能真的跑出去。不過，飯店範圍內倒是可以，而且飯店裡就有日本也很常見的便利商店。

說不定，那裡有賣針線組。

我把錢包放進斜背包，告訴真綾要去便利商店之後便走出房間。

向途中碰上的帶隊教師解釋理由後，我來到飯店一樓。

這間便利商店雖說還在飯店範圍內，但它同時也面對馬路，所以有兩個出口，一

般顧客也可以從馬路那邊的入口進店裡。我在店裡到處找針線組時，突然聽到有人喊：

「沙季！」

回頭一看，有個手裡拿著瓶裝飲料的女性。

正是梅莉莎。

她懷裡的籃子，裡面滿滿都是飲料、洋芋片一類的東西。

『哇，就是這間飯店？真巧。有時間嗎？再聊一會兒如何？』

『呃……』

儘管有些猶豫，不過考慮到這是個磨練英語對話能力的機會，就覺得拒絕實在很可惜。於是我告訴她，別太久就ＯＫ。梅莉莎結完帳，將大量零食和飲料交給站在身旁的男人。我看了相當疑惑，因為這個看來和她很親密的男人，並不是在餐廳見到的那一個。

在餐廳和梅莉莎接吻的男子，是黑色直髮的瘦削亞裔紳士。這一位則是留著雷鬼頭的矮個子陽光大哥。看起來不是親人，五官相差太多。

大哥接過買好的東西，在梅莉莎臉頰上親了一下，然後兩手提著袋子走出便利商店。

『這樣好嗎？』

『嗯？怎麼樣？』

『讓妳朋友等。』

『沒關係。反正，之後我們都會待在一起。而且他不是朋友喔。是我男友。』

啊？咦？

我聽錯了嗎？她剛剛是不是說「男友」？

儘管一頭霧水，我依舊在便利商店買了針線組，還順便買了一罐咖啡，然後和梅莉莎一起走到飯店大廳的等候區。

在這裡聊個十分鐘左右應該沒問題吧，何況周圍也有別人。

我們才剛坐下，手機就開始震動。我點開通知看了訊息的前幾行。真綾傳的。

『妳在忙嗎？』

梅莉莎用「我是不是打擾到妳了？」的表情這麼說，所以我回答：「沒關係。」

因為真綾是找我玩牌，晚個十分鐘應該不算什麼問題。不過保險起見，我還是先回個訊息。

在我用手機傳訊時，梅莉莎打開留在手邊的易開罐。泡沫隨著小小的「噗咻」聲冒

出來，梅莉莎立刻將嘴唇貼上去，喝了一大口。那是啤酒嗎？還是氣泡酒？我聞到些許酒精味。

『嗯？沙季要喝嗎？』

『不用了，我還沒成年。』

『奇怪？我記得日本不是改成十八歲成年了嗎？』

妳還真清楚呢。不過，這是誤解。

『可以喝酒、抽菸的年齡沒有變動。另外，我才十七歲，所以無論標準是哪個都不行。』

『原來是這樣啊，抱歉抱歉。這麼一來，我就不能找妳喝酒啦。』

『我們還有門禁，所以沒辦法。雖然妳願意找我作陪讓我很高興。』

『門禁！哇～還有這種東西。那麼，和男友見面也只能在白天嘍。真遺憾。』

她是真的在同情我。

然後她又說，只有白天能見面，想做愛也抽不出多少時間對吧？

……咦？

『怪了？聽不懂嗎？我的發音有問題？』

不，不是這樣。該怎麼講，總覺得聽到了一般來說不該在這種場合聽到的詞……

梅莉莎皺起眉頭，陷入苦思。她似乎以為我沒聽懂。

『嗯～沙季應該沒關係吧。』

『……什麼事？』

我用英語詢問，結果——

「所以說，性交。上床。一起睡覺……是不是這樣？聽得懂嗎？」

她突然用**日語**這麼說道。

「妳、妳怎麼講得這麼大聲啊！」

梅莉莎用雙手摀住耳朵。

「沙季妳比較吵。」

我頓時回過神來，然後慌張地環顧周圍。

所幸等候區只有幾個看似觀光客的人。沒人注意我們。還、還好。

「梅莉莎小姐，剛剛的日語……」

「啊～嗯，我懂一點喔，因為我是半個日本人。」

「咦？」

聽到這句話，我重新打量她。雖然五官看起來是亞裔，不過頭髮是金髮，肌膚也比較接近褐色，所以我完全沒想到。

「說得精確一點，我媽媽是台灣人，爸爸是九州人。兩人是我媽媽去日本留學時認識的。」

「原來是這樣啊。」

接下來，她大概是想讓我了解她有點複雜的背景，所以改成用日語和我交談。

按照她的說法，她那台灣出生的母親到日本留學時遇上她父親，畢業後兩人就這麼結了婚，在日本生下梅莉莎。所以她也有日本國籍。

她學生時代曾經在日本住了幾年，所以日語也算是會講。

「我的本名叫吳美生。剛才他也是這麼喊我對吧？梅莉莎是英文名字。」

剛才那個「他」，應該是指在便利商店和梅莉莎一起出現的男人吧。不過，我不記得那個男人是怎麼稱呼梅莉莎的。

「那麼，是不是叫妳『美生』比較好？」

「沙季妳的話都可以。不過，我希望妳叫我梅莉莎。」

說出這句話時，她臉上有些陰霾。

……其中有什麼理由嗎？

令人在意。梅莉莎可能是讀出我的表情了吧，她先是想了一下，然後這麼問。

「沙季，妳會想要幾個男友？」

剛剛……她是不是說「幾個」？

「一般來說，男友不是只會有一個嗎？」

我這麼回答之後，梅莉莎重重嘆了口氣。

「啊～妳是這樣啊～」

梅莉莎這句話，對我來說有點意外。

「可以問這話是什麼意思嗎？」

「如果是我啊，會想要兩個以上。」

「啊？」

「需要那麼驚訝嗎？」

「我很驚訝。」

「不過，喜歡上別人的理由，不止一個對吧？」

梅莉莎這句話讓我想了一下。

喜歡上別人的理由？

比方說溫柔、瀟灑、長得帥。像是這些吧？

「沒錯沒錯。像是興趣一致、合得來等。」

「喔，意氣相投——」

「我是指身體合得來喔。」

我猜錯了。

「這些讓人喜歡的要素，不見得全都會在同一個人身上。」

「這……是這樣沒錯啦。」

如果真有這麼萬能的人，我倒想見識一下。

「既然如此，喜歡上的人只有一個才叫不自然吧？」

「咦……？」

這想法是不是跳太快啦？

「好比說，我和剛剛那個開朗的他，是在酒的喜好上投合。」

我大概猜得到，梅莉莎是指我剛剛在便利商店看見的男人。

「也就是酒友嗎？」

「身體也合得來。喔，我是說床上。我喜歡的他全都會為我做。」

不、不用解釋得那麼清楚啦。這也未免太露骨了。

我的臉變得好燙。

「那麼，餐廳那個……」

「他也有玩音樂。應該算音樂性投合吧？我希望能讓更多人聽到他做的音樂。然而，他雖然在我耳邊說了許多甜言蜜語，卻對我的身體沒興趣。」

還有這種事啊？

「如果喜歡人的理由只有一個，或許還能比較大小，只要選擇比較大的就好。但是，理由不止一個就沒辦法選了吧？」

「道理我懂，不過……」

「沙季也覺得很怪嗎？」

「不──」

至少我還曉得，不該做出「無法理解所以否定」這種不講理的行為。自己的倫理觀只屬於自己，不該強加在他人身上。性愛這種敏感的領域更是如此。

「──我不會否定妳的看法，只不過，我有點在意。照道理來說，既然自己沒辦法只選擇一個人，那麼對方也沒辦法選嘍？」

「對啊。」

梅莉莎回答得很乾脆。

「既然如此，妳的對象就算另有喜歡的人也不足為奇。」

「沒錯。」

她的口氣就像在說「這是理所當然的吧」。

「呃，那個……那麼，妳同時和不止一人交往，這件事他們……」

「都知道。否則就不公平啦。這種關係，如果對方不接受就無法成立了吧？」

她笑著這麼說，令我啞口無言。

我從沒想過世上還有這種價值觀，梅莉莎這樣的人，我好像還是第一次碰上。相較於她，工藤副教授那種純粹以邏輯建立的虛構倫理觀，反倒比較容易讓我接受。

「沙季啊，妳沒有說我怪，這讓我很開心。」

我頓時回過神來。

梅莉莎垂下頭，小聲說道。

「在日本生活時，別談什麼理解了，連個肯聽我說話的對象都找不到。就是因為覺得待在日本難以呼吸，我才會來到這裡。然而，來到這裡我才發現，很多人一知道我來自日本就要求我貞淑。」

即使染金髮、曬成褐色肌膚也一樣——梅莉莎的語氣裡帶有些許自嘲。

「所以，妳才用英文名字？」

梅莉莎點頭。也就是說，染髮、化妝、改用英文名字之後，梅莉莎總算比較容易遇上那些能夠理解她的人，得以置身於愜意的群體之中。

梅莉莎懂英語、華語、日語三種語言，不過，她平常似乎刻意只講英語。聽完這些，我覺得自己好像稍微能理解梅莉莎這個人了。

我之所以染髮、注重穿著，也是因為自己原本的模樣，和我的目標有些不同。周圍的人挑剔這個挑剔那個，要我改變自己的外表。

如果我像讀賣琹小姐那麼堅強，或許也能和她一樣，維持和風美女的外表貫徹自己的路。

但是我知道，我沒有那麼堅強。

為了別被拖往不願意走的方向，我選擇武裝自己。

「看見沙季時，我的直覺告訴我。」

「咦……」

「這個人可能和我很像。」

在餐廳對上眼時，她對我微笑。

「所以，我試著向妳搭話。推測對了一半、錯了一半。原來，沙季妳是個很能忍耐的人。」

「我看起來……像是這樣嗎？」

「像。」

「妳很介意他人的目光、社會的氛圍。」

要否認很簡單，可是沒意義。

「這……也是。」

這趟旅行，介意他人目光的我沒怎麼和淺村同學交談。一想到這裡，我就無法否認自己真的顧慮太多。

「妳不會覺得受拘束嗎？」

聽到她這句話，我不禁惱羞成怒地說道：

「做出『不講日語』這種選擇，難道不算受拘束嗎？」

「所以我就說啦，如果沒有一個能隨意揮灑自我的地方，我會撐不下去。」

我明明那麼不客氣，她卻答得很溫柔。我再次認知到自己被戳中了痛處。真是丟臉。

「也就是說，要找到一個就算妳活得隨心所欲也不會被抱怨的群體。」

我想，她應該不是要我活得恣意妄為，而是要我找到人生的避風港。

梅莉莎留下這句話之後，便回到男友身邊。

他們兩個，今晚好像要一邊喝酒吃零食一邊熬夜看動畫。

我將剩下的罐裝咖啡一飲而盡。

不怎麼清爽的甜味還留在舌頭上。早知道這樣，我就該選無糖的。

2月18日（星期四）校外教學第二天　綾瀨沙季

我回到房間，發現真綾玩牌被佐藤同學屠殺。

「所以我才要沙季也加入啊～！」

不想輸太慘所以要把我拖下水，心態可議。

「因為沙季不太會玩這個嘛，妳每次都抽兩張、抽四張，好不容易快贏了卻會因為忘記宣告而輸掉啊。」

確實是這樣沒錯。

但不是每次。偶爾啦，偶爾。

「那、那個……要不要再來一場？我會手下留情。」

「玩遊戲讓人家手下留情我也不會開心的！」

「啊、對、對不起。」

佐藤同學顯得很沮喪。真綾難得地慌張了起來。

「不、不是啦，涼涼。涼涼沒有錯！錯的人是……看，是這個很凶的大姊姊。」

「誰是很凶的大姊姊啊？」

「沙季？」

「不要用疑問句。」

「如果沙季在，就算涼涼不手下留情，我也會贏！」

這或許是事實，不過——

「哪有這回事。」

「妳說的喔。那麼，來玩最後一場吧！」

「要是不趕快去洗澡，可能會趕不上熄燈時間。」

「再一場。再一場就好！」

唉，真拿她沒辦法。

在我表示屈服之前，真綾已經開始發牌了。結果，我們只玩一場，贏家是佐藤同學。我在一番苦戰之後勉強勝過真綾。

「唉呀呀？真奇怪。」

「好啦，妳們兩個，該洗澡嘍。」

「我已經洗好澡了。」

佐藤同學似乎先洗過了。了不起。

「那麼沙季，我們一起洗吧。」

「為什麼要一起啊？」

「要不然趕不上熄燈喔？」

我看向時鐘。

確實沒時間輪流進去了。

「走啦走啦。」

「好好好。」

幸好，這間房間的浴室夠寬敞，應該勉強能在浴缸外面洗身體。對於日本人來說值得慶幸。

簡單地淋浴之後，我先洗身體。

真綾則是泡在浴缸裡。

「妳在外面待了很久才回房間耶。發生什麼事？」

「啊～嗯。其實啊……」

我一邊洗身體，一邊把回房前的事告訴真綾——去便利商店時又遇上梅莉莎，然後在大廳和她聊了一會兒。

「喔喔，有兩個男友啊～原來如此，喜歡上別人的理由不止一個，但是不見得能找到同時滿足理由的人，所以喜歡的對象必然不止一個——此即結論。」

「是這樣沒錯，但妳那什麼說話方式啊？」

「不過嘛，既然能容許對方也做一樣的事，應該算得上公平吧～純粹屬於配對的問題嘍。」

說著，真綾從浴缸裡站起身。

我能看見熱水沿著她的身軀滑落，直到肚臍。拿去，用毛巾遮起來啦。洗完身體的我和她交換，坐進浴缸裡。果然還是放足熱水讓身體能整個沉進水裡比較有日本泡澡的感覺，讓人能安心地放鬆。

我泡在熱水裡，呆呆地看著真綾洗身體。

啊，感覺今天好累。

舒服得有點恍惚的我，隨口問道：

「配對？」

「意思是，說不定我覺得很好對方卻不行，也有可能反過來。如果雙方有共識又沒造成實際的危害，那就不成問題。」

「實際的危害。」

講得真聳動。

「設想一下比較極端的例子就知道嘍~比方說，世上只剩一個男人和不止一個女人，或者男人不止一個但女人只剩一個。如果在這種世界還提倡一夫一妻，人類就要滅亡啦。」

確實太極端了。

不過嘛，我明白真綾想表達什麼。

「換句話說，在那種情況之下，如果還想維持現今日本最普遍的倫理觀念——一夫一妻制，就會造成危害。」

倫理觀念會因人、因世間的風氣而有所不同。這是理所當然的吧。如果是工藤副教授，大概會這樣輕描淡寫地帶過。

「沒錯沒錯。當然也有相反的情況。所以，無論是怎樣的倫理觀念，只要不侵犯他人權利就該盡可能保存下來，這才叫做成熟的世界。」

「這樣啊。」

「我之前看的科幻動畫是這麼講的。」

「真綾妳引用的來源只有動畫嗎？」

「還有特攝喔。」

「範圍真小。」

「很大喔。要聽我講嗎？」

「免了。」

真綾講這種東西鐵定熬夜都講不完。

「唉呀，當事人能接受不就好了嗎？前提是能接受。不過，如果是沙季——」

這時候的我，在熱水裡泡太久導致有點恍惚，思緒滿滿都是破綻。

「──應該沒辦法接受淺村同學劈腿吧？」

「絕對不行。」

話說出口，我才發現大事不妙。

我頓時驚醒，看向真綾，只見到她臉上露出得逞的奸笑。雖然這不重要，但是被洗髮精弄得滿頭都是泡泡的真綾，笑起來有點恐怖。

「總算說出來啦。」

「嗚……那個……」

「哼哼哼，事到如今就不用藏啦～」

「可、可是。兄妹這樣……應該很怪吧。」

正因為彼此交情夠好，才讓人擔心事情曝光後她會有什麼反應。

「才剛成為兄妹，彼此又沒有血緣關係，幾乎等於外人。當然，就算是這樣，也不代表所有的無血緣兄妹都會變成這種關係喔。」

「唔、嗯。我想也是……」

「沙季，妳也不是一開始就用這種眼光看他吧？真要說的話，妳原本應該是想更理性地看待這件事，安分地當個妹妹吧？」

說的一點也沒錯。

真綾為什麼如此了解我呢？

「因為妳很好懂嘛。」

「是、是嗎？」

「對我來說嘍。」

這樣啊。

「果然，最後還是成了這種關係，而不是單純的兄妹——大概是這種感覺。」

「嗚嗚……有這麼……」

有這麼明顯嗎？

怎麼講，現在與其說放下心頭大石，不如說疲憊感一口氣湧了上來，而且原本有多擔心事情曝光，現在就有多累。

「然後呢？」

「然後？什麼然後？」

「既然不希望他劈腿，就該把他牢牢抓在手裡吧？妳有這麼做嗎？」

「做、做什麼？」

「像是約會之類的。」

「喔，那個啊。」

話一出口，我才發現不妙。我到底以為真綾在問什麼啊？

「不是那個也沒關係就是了。這種話題啊，待會兒躺到床上再好好聽妳說。」

「什麼都沒有啦。」

「沒關係沒關係。所以說，難得的兩人旅行嘛。」

「不止兩個人吧？這是校外教學吧？」

「明天你們兩個年輕人就好好約個會怎麼樣啊～你看，幸好明天淺村同學他們也要去聖淘沙島，而且可以自由行動對吧？」

「這……」

可以嗎？

「要是放著不管，淺村同學或許會和他們那組的女生一起逛喔～」

唔。

「而且啊，最近淺村同學也開始注重穿著打扮了呢～人家都說，他變得比以前好相處嘍？」

唔唔。

「是這樣嗎？」

「都是我講的。」

「原來是妳啊。」

這算什麼？

「唉呀，只要同組的大家都能帶著美好的回憶返國，我就心滿意足啦。不過，『大家』也包含沙季。所以……沙季妳自己是怎麼想的？」

真綾沖掉泡沫。頭髮還貼在臉上的她，笑嘻嘻地看著我。好奸詐。聽到這種話之後……

「我想和淺村同學……兩個人逛。」

真綾笑了出來。

「乖，很老實。」

「嗚嗚嗚，好丟臉。」

不過，看著在閒聊時也會為我著想的真綾，就讓我覺得——她應該就是梅莉莎口中

「願意接受我的群體」之一吧。

如果我在真綾眼中也是這樣，我會很開心的。

「那麼，妳就該把這件事告訴淺村同學喔。」

「我知道了。」

由於丟臉得要死，所以我噗通一聲把身子沉進浴缸裡，只露出眼睛。

謝謝妳，真綾……

呢喃化為泡泡，從嘴角浮向水面。

洗過澡後，我先將頭髮徹底弄乾才鑽進被窩。

在落入安眠的深淵之前，我回顧了一下明天的行程。

明天一整天都要在聖淘沙島度過。雖說是小組行動，但真綾表示「隨大家高興就好啦」而沒有多做安排。淺村同學他們好像也一樣。

我不覺得會有這麼多巧合，想必是他們的組長丸同學和真綾講好了吧。他們那組裡似乎也有佐藤同學的朋友，說不定佐藤同學會和她朋友一起逛島。真綾要怎麼辦啊……

已經接上充電器的手機，就在我手裡。

我下定決心，試著傳訊息給淺村同學。我想，可能是今天和大家一起鬧，導致我過於亢奮吧。真綾在背後推了一把，也是原因之一。到頭來，還是穿幫了。對，必須告訴淺村同學，真綾已經知道我倆的關係。

【明天的聖淘沙島，我想兩個人一起逛。可以嗎？】

然後，我就像在找藉口一樣，補上「只要不離開島就不需要六個人待在一起，等於自由行動」這段文字。

會有很多水星高中二年級的學生去聖淘沙島。不過，島上的休閒設施也很多，除非事先講好，否則應該沒那麼容易碰上熟人。

就算偷偷溜出來碰面，想必也不至於穿幫。

從發送訊息到打上已讀標記並獲得回應，這段時間漫長得宛如永恆。提出這種無理的要求，會不會造成他的負擔呢？類似的念頭在腦中盤旋不去。

來訊通知聲響起，我的心臟就像被抓住似的縮了一下。

【知道了。我會和同組的人講，至於什麼時候離隊之類的正式回應，希望可以等到明天。】

我重重吐出堵著的那口氣。

回應不是ＯＫ也不是不行，而是請我等他。確實，就算能個別行動，也不見得整天都是一個人。

總之他沒拒絕。再來……就等明天吧。

鬆了口氣之後，睡意隨之上湧。就在我快睡著時，來訊通知聲又響了。

我揉揉眼睛，看向手機畫面。

【我也想和妳一起逛。】

咦？好開心。

……該怎麼回覆啊？

再三考慮之後，我只傳了個貼圖。要是表現得太高興，淺村同學一旦臨時有事會很難拒絕。

如果明天可以兩個人在島上逛就好了——這麼想的我，閉上了眼睛。

2月19日（星期五）校外教學第三天　綾瀨沙季

閱讀寫在紙上的信，需要光亮。

但是，手機有背光，所以在黑暗中也能閱讀訊息。

只要像這樣用被子蓋住頭，就沒人會知道淺村同學傳訊息給我。不會引發別人的好奇心，就算讀訊息也沒人責備我。

至於整個人窩在被子裡偷偷摸摸的我，從外面看起來會是什麼樣子——我就沒多想了。

醒來之後我做的第一件事，就是把手機拿進被窩裡，確認ＬＩＮＥ的通知。

……沒有回應。

嗯，畢竟才六點。早餐是七點以後，或許還沒起床。告訴組員「想一個人逛」也需要挑個好時機吧。所以就算沒立刻收到回應，也不需要太焦急。

「噗哈～」

我把頭探出被窩，重重地吐了一口氣。

然後和坐在隔壁床上梳頭髮的真綾四目相接。

「沙季，妳是要參加棉被憋氣大賽嗎？」

我想應該沒這種比賽。

「果然很熱。」

「……我想也是。」

真綾的眼神好冰冷。

我有做了蠢事的自覺，於是鑽出被窩。

打理服裝儀容、到餐廳吃完早飯，然後又看了一次手機，但還是沒回應。果然讓他很為難嗎？我感到很不安。

要不要再傳個ＬＩＮＥ過去確認呢？不過，他可能會嫌煩。一想到這裡，便讓我沒辦法傳訊息，就這麼到了移動時間。

既然目的地同樣是聖淘沙島，那麼在小組行動期間應該隨時都見得到……才對。

不需要著急。我這麼告訴自己，然後和組員一起前往那座島。

浮在新加坡本島南方的小島——聖淘沙島。

這裡是知名的觀光景點，休閒設施豐富。有新加坡環球影城（Universal Studios Singapore）、邁佳探險樂園（Mega Adventure Park）、巴拉灣海灘（Palawan Beach）等。還有賭場，雖然我們不能進去。

它和新加坡本島是以一座大橋連接，汽車、公車、計程車、徒步、單軌電車、纜車都可以通行。只不過，登上這座島時要付登島費。

我們這一組是搭公車。

通過這座單向有四線道的長橋時，左右兩側都能看見碧藍的海洋。

如果只看橫跨兩島的橋，會覺得和東京灣跨海公路沒什麼差別——抱歉，我說謊了。車道數完全不同，而且海的顏色充滿南洋風情。大家興奮地看著窗外，我卻盯著手機，並且偷偷傳訊息給淺村同學。

【可以的時候聯絡我。】

就是找到機會能溜出來再聯絡我就好的意思。我想，他登島的時間應該和我們差不多才對。

說不定——

我抬起頭往窗外看。

雖然有好幾輛車並排而行，卻沒看見別的公車。不曉得他是已經到了還是跟在我們後面。

就在我想嘆氣時，LINE的來訊通知聲響了。我吃了一驚，連忙看向手機。

【抱歉回得太晚了！我會在中午過後溜出去找妳。】

雖然回覆只有短短一行，卻讓我鬆了一口氣。太好了。他有打算和我一起逛。不過，他是不是還沒機會說啊？

我這邊，因為和淺村同學的祕密關係已經被真綾發現，所以身為組長的真綾應該會協助我。可是，淺村同學就不一樣了。

如果他表示想一個人逛島，說不定朋友們會嫌他不合群。

他說了中午要溜出來，我覺得該相信他。

我想，他大概是要用上午陪朋友們吧。我不想干擾他拓展人際關係，而且整個下午都能待在一起，這樣應該就夠了──

不能說「為什麼不早點過來」。

這種想法、這種互動，我有印象。

而且，我覺得我的胃就像吞了石頭一樣重。

我所想到的，是以前生父和媽媽之間的對話。

媽媽在澀谷某間酒館當調酒師，傍晚上班，過了深夜才回家。

以工作性質來說，這是無可奈何的，照理說我的生父也很清楚才對。話雖如此，但當時的他因為公司被搶走而無法相信任何人，所以只會用懷疑的眼神看待周遭一切。

今天也晚歸啊？

他總是這樣抱怨、質問。

每個白天、每個夜晚，都會責難媽媽。

小時候的我，一聽到他的怒吼，就會害怕地縮起身子，心想：「你為什麼要講這種話？這樣是在折磨媽媽吧？」

那段時間，不講理的人毫無疑問是我的生父，我只希望他不要一直責備晚歸的媽媽。

可是，面對他的責難，媽媽總是默不吭聲。

媽媽當時大概是認為就算回嘴他也聽不進去，因為他的反應不是基於道理，而是基於情緒。

我看向手機。

淺村同學的通知還沒來。

不過，他有他的交友圈，而且現在是學校活動，不是私人時間。希望他立刻回覆的我，實在太任性了。

我的理性很清楚。

只因為沒回傳訊息就懷疑對方，根本沒道理。我不想變得和無法壓抑情緒，只會對外宣洩的生父一樣。

我的手指滑過手機畫面，一個字一個字地輸入給淺村同學的訊息。

【不用勉強沒關係啦。等到可以見面的時候再聯絡我。】

我抬起頭。

「欸，真綾。」

「嗯？什麼事啊～上廁所？」

「不、不是啦。」

大家都在旁邊，妳這張嘴胡說什麼啊？

「好鬨～」

「就、說、不、是、了。」

「知鬧嗯，胡要捏啦。」

我放開真綾那柔軟有彈性而且觸感很好的臉蛋，咳了兩聲。

「妳是不是肚子痛啊？臉色好難看。啊，便祕？」

「還想被捏嗎？」

「我會克制……」

「要問的不是那個，是之後的行程……大家打算怎麼辦？」

「啊～這個喔。只要別忘掉集合地點和時間，剩下的可以隨大家高興，不過，我猜會有人不知道該做些什麼，所以又找了些推薦的觀光景點，放到ＬＩＮＥ群組的記事本裡。」

周圍響起「喔喔！」的聲音。

佐藤同學也「謝謝。妳好厲害……」地小聲表示讚嘆。確實。既然已經事先說過可以隨大家高興，也得到組員們同意，那麼真綾就算什麼都不做，也沒人會生她的氣。沒想到她為了以防萬一，居然還做了額外的準備。這讓我再次感受到她有多麼會照顧人。

「我推薦過橋就看得到的環球影城，還有再往西邊移動一小段距離的邁佳探險樂園。」

「嗯。那妳比較推薦哪一個？」

對於我這個問題，真綾盤起雙臂擺出一副沉思的模樣。

「兩個都是一天玩不完，應該沒什麼差別吧～如果有無論如何都想體驗的設施就另當別論。」

「這樣啊。」

「集合的地點與時間已經分享給大家了。回程也是搭公車喔，所以務必守時。如果有什麼狀況記得通知一聲。大多數觀光景點應該都連得上免費Ｗｉ－Ｆｉ才對。」

組員們就像小孩子一樣，異口同聲地說：「好～」看來我們這一組的組員都完全信任真綾組長。當然我也是。

「原則上，從遠的地方玩起應該會比較好。要是不小心買了土產必須背著跑來跑去，應該會很累吧。」

大家都同意真綾的看法。

大家在公車上討論了半天，最後男生們決定去邁佳探險樂園，我們三個女生則會在途中和佐藤同學的朋友美櫻等人會合，六人一起去新加坡環球影城。

看來男生們果然無法抗拒「探險」這個詞。男生們表示「何況那不是普通的探險，是超級探險(Mega)」，不過我無法理解。還「何況」呢，我連他們的「何況」是指什麼都不曉得。

真綾說，男生都喜歡什麼mega、giga之類的東西。看來真綾很了解，是不是因為她有好幾個弟弟啊？

我們朝著環球影城的售票處走去。

走到能夠看見環球影城那獨特的地標——外面有一圈「環球」字樣的大型地球儀時，真綾壓低聲音對我說道。

「這樣好嗎？進去之後，恐怕短時間內沒辦法出來。」

大概是「妳不是和淺村同學約好了嗎？」的意思吧。

不過，直到我們下車，淺村同學都沒傳訊息過來。

如果什麼都不做只是枯等，會讓人愈來愈不安。

「沒關係，不用在意。我們一起逛吧。」

現在的我需要這麼做。

要是淺村同學聯繫我怎麼辦？到時候再想就好。我想，此刻他應該就在島上某處才對。沒關係，因為他已經說了會溜出來。

我們買了票，踏進這座主題樂園。

太陽公公已經爬到正上方。

灑下的陽光比昨天還要熾烈，氣溫急遽攀升。讓人差點忘記現在是二月下旬。理論上新加坡到二月都還是雨季，什麼時候下雨都不足為奇，不過在天氣這方面我們似乎頗受上天眷顧。我們在主題樂園內到處逛，同時暗自祈禱防曬霜能發揮功用。

就這樣一直玩到過了中午。

我想，部分原因在於大家都是女生，比較能放開來玩。

令人意外的是，最喜歡尖叫系遊樂設施的人，居然是佐藤同學。

搭了好幾回之後，我躲到能遮陽的屋簷底下避難，看著真綾與佐藤同學等還很有活力的人去玩。

我的三半規管實在撐不住，就連用大型液晶螢幕玩3D遊戲也會暈。沒辦法。還有，好恐怖。

等真綾她們心滿意足地歸來，我們就到園內的餐廳吃午飯。下午又玩了一兩項設施後，真綾說想多去幾個地方看看。

既然如此——於是我們前往巴拉灣海灘。

下午三點已過，太陽公公漸漸往西方滑落，陽光也不再那麼灼人。

我假裝要確認時間，拿起手機看了一眼。

到了下午，我看手機的頻率變高了。

還是沒接到訊息。

雖說新加坡政府努力鋪設免費Ｗｉ－Ｆｉ，但我終究還是無法肯定下次連上要等多久，所以我啟動ＬＩＮＥ傳了個訊息過去。

【我們接下來要去巴拉灣海灘。】

以剩下的時間來看，頂多只能買土產吧。想要創造兩個人的回憶，大概只能讓他來海灘。當然也有可能在我傳訊息的同時，他剛好也傳訊息約我在另一個地方碰面。雖然不希望碰上這種擦身而過的狀況，但如果真發生了也無可奈何。

我試著等了一分鐘，沒有已讀標記。讓人有點介意。會不會出了什麼事啊？

【我在那裡等你喔。要移動時會再聯絡你。】

希望手機不會斷訊……

「那麼，該移動嘍～」

聽到真綾的聲音後，我站起身來。

大家開始往最後的觀光景點移動。

只要看地圖App就會知道，聖淘沙島是個向南突出的倒三角形。巴拉灣海灘位於聖淘沙島的西南部（從左上往右下傾斜的部分）。

在地圖上，這片海岸形狀就像數字的3。

從環球影城往南兩公里多一點，徒步約三十分鐘。在地圖App上也看得出步行可到，所以我們決定努力點用走的。

既然來了，當然要好好欣賞一下這裡的景色。

「如果找不到路，問附近的人就行了……沙季去問。」

「我去問？」

「我們幾個裡面，最擅長英語會話的應該是沙季。」

真綾這麼說道，佐藤同學也連連點頭。

其、其實沒那麼擅長……我是這麼想的，不過這麼說起來，昨天回程有和梅莉莎聊天的好像只有我一個。

我們沿著環球影城的外圍走。一走出環球影城，眼前就是一間購物中心，還有很多餐廳，雖然午飯吃得很飽所以肚子應該裝不下。露出些許身影的遊樂設施傳出些許歡呼聲，透過清新的空氣鑽進我們耳裡。

穿過購物中心後，我們走上一條位於幹道旁的人行道。同時，原先為我們遮住頭上的屋頂也沒了。只剩一片藍天。

儘管太陽逐漸西斜，陽光依舊十分充足，夠讓仰望天空的眼睛感到刺痛。走路讓我滿身汗，室外的氣溫也比室內高出不少。

「這麼一來，不但會想要有頂帽子，還會想要來把陽傘呢。」

真綾說完，佐藤同學又是連連點頭。

確實，陽光強到有可能讓人中暑。

我們沿著馬路旁的人行道一直走。

左右兩邊的樹木多到讓人以為身在林中，眼睛所見範圍沒有像是商店的建築。

「這片森林的另一邊，好像有一間又大又氣派的飯店喔。」

真綾說道。

大概是在地圖上就看得到的五星級飯店吧。

雖然現在被樹木擋住了，完全看不見。

棕櫚樹理直氣壯地混在我們所見到的群樹之中，感覺很有趣。

「啊，是海……」

聽到佐藤同學的聲音，我連忙把頭轉向前方。

蜿蜒小路前方，能看見一小片與天空不同的藍。

「哇！」

真綾相當興奮。

「這種時候，就該大喊『是海耶～！』然後衝過去吧！」

「別這樣，很危險耶。」

如果不先叮嚀，搞不好她真的會衝出去。真綾這點實在令人害怕。

「這樣才青春啊。」

「需不需要我告訴妳，一個嚷嚷著異國語言在步道上奔跑的少女，在旁人眼裡看起來是什麼樣子？」

「應該會覺得『好和平啊』吧。」

「這倒是沒辦法否認……」

「奈良坂同學，這種事——」

「妳差不多該直接叫我真綾嘍，涼涼。」

「——真綾同學，這種事應該到了沙灘上再做吧？」

「對喔！涼涼，妳是天才！」

真綾以手指比了個V，伸向佐藤同學。

第一次看見小涼這麼快就和別人打成一片——佐藤同學的朋友美櫻看起來有點嫉妒，卻沒掩飾自己的驚訝。

「大家就以沙灘為背景，搭肩跳啦啦隊舞吧！」

真綾又在胡扯些什麼啊？

「我可不幹。」

「拍張把腿抬高高的照片，哥哥看了也會很開心喔。」

「絕對不幹！」

啊。不小心吼太大聲了。

「綾瀨同學果然有哥哥啊。或者，呃……是『屬性』方面的話題？」

佐藤同學說道。

「咦？啊……是有啦。」

「真好。我是獨生女，所以很嚮往有兄弟姊妹的感覺。」

「很想有個哥哥對吧？」

「好羨慕。」

「真是的！兩件事無關吧？到此為止。」

我正打算結束話題，卻看見真綾露出「早就料到」的笑容。

然後她以唇語這麼對我說。

「還沒接到聯絡對吧？」

「唔……」

我輕輕點頭。真綾全看穿了嗎？

走著走著，前方的海洋愈來愈寬廣。

海潮的氣味乘風而來，搔弄我們的鼻腔。即使身在南洋，海的氣味依然不變。這也是理所當然的吧。畢竟海洋相連嘛。

到了視野開闊處，能看見沙灘往左右兩端綿延而去。

「哇，沙灘好白啊。」

佐藤同學感嘆地說道。

前方便是藍海與藍天。

右前方有座小島。

「那就是巴拉灣島喔。妳們看，還能看見知名的吊橋。」

有一條很細很細的橋，通往我們眼前的島嶼。長度……應該五十公尺左右？吊橋貼著海面向前延伸。

「知名……嗎？」

「這個嘛，像是旅遊手冊、有介紹巴拉灣的網站等，大多都會附上這座橋的照片。」

「那麼單薄的橋，感覺很恐怖……」

「沒問題啦，涼涼。就算掉下去頂多也就一公尺高，更何況，左右兩側還有防止落海的網子吧？」

和真綾說的一樣，那座窄窄的吊橋，左右兩端張設了高約到胸部的網子，以防有人過橋時摔出去。

「原來……如此？」

姑且接受它吧。

「那麼，我們去看看吧！巴拉灣島很小，過去之後應該有時間轉完一圈！」

「唔、嗯。」

真的要過橋啊？

我們順著白沙灘走，抵達位於茂密樹林中的吊橋入口，旁邊還有塊路牌。大家遵照引路人的指點，在遮蔽視野的綠意中走了一小段路，這才到了吊橋所在的開闊處。海洋與窄橋突然映入眼裡，讓我的心臟猛然跳了一下。這座橋該不會是故意設計成這樣的吧？

「用跑的很危險，過橋要慢慢走喔。」

真綾妳看起來就像會跑第一個，講這種話適合嗎？

不過，就和真綾說的一樣。

這條寬度僅容一人通行的吊橋，每踩一步都會晃來晃去。

在我看來，這吊橋恐怕比今天體驗過的任何遊樂設施都要危險。

由於橋面很窄，所以和從島上回來的人交會時，必須側身避到一邊。一旦雙方擦身而過時不小心碰到，就會忍不住去抓兩旁的繩子。心跳變得好快，就算曉得不會掉下去，心臟的負擔依舊很大。

腳下的左右兩側，能看見清澈的藍色海洋。

好不容易抵達對岸踩到堅固的地面，我才大大地鬆了口氣。

從下橋處再往前走一點，就能看見島另一邊的海。

「好小的島啊。」

真綾說的沒錯。這座島小得令人傻眼。嗯，這麼一來要繞完整座島確實不難。

我們在巴拉灣島上轉了一圈，有時捧起沙灘上的沙子，有時聞著海潮味眺望無邊的海洋。雖然已經過了最熱的時段，不過走了這麼久畢竟還是有點累，於是大家輪流坐到那唯一一張不知為何出現在途中的椅子上休息……

「明天就要回去了呢。」

真綾說道。

「就像一場夢對吧？我們真的在國外耶。」

說著，佐藤同學拿起手機，照下海灣可見的幾艘大船。太陽西斜導致亮度不夠又是逆光，似乎讓她很懊悔。

「還有好多地方沒去啊～真希望能再來一次對吧～？」

「來得了嗎？」

「如果旅費再便宜一點，要我每週來都可以啊～真是個好地方對吧？又漂亮又安全，要不是我英文太爛……」

「真綾妳英文很好吧？爛的是會話。」

我在旁吐槽。

「雇個優秀的導遊就好啦。」

「妳說的應該不是我吧？」

「沙季，蜜月旅行要不要選新加坡？」

「為什麼妳會覺得可以跟著別人的蜜月旅行一起出國啊？」

欠吐槽的地方太多了。

稍事休息之後，我們決定回海灘。抵達海灘時，我回頭望了一眼。

西斜的太陽漸漸靠近水平線，但天空還是藍色。

如果在日本，這個時間已經差不多是黃昏了。

「還很亮耶。」

「畢竟這裡就算過了七點，太陽公公也還在嘛～」

「新加坡的日落似乎是晚上七點二十分左右。」

佐藤同學告訴我們。

「嗯?涼涼，妳剛剛用Google查的?」

「對。」

「喔。真的耶。海灘這裡有微弱的Ｗｉ－Ｆｉ訊號，啊……喔~」

真綾發出怪聲，然後看向我。

「想在這裡待久一點?」

「咦?」

這話是什麼意思啊?

「畢竟從這裡到集合地點只要搭一趟公車嘛，我們先走可以嗎?我會買好十產等妳的。」

我想起自己傳的訊息。

【我們接下來要去巴拉灣海灘。】

【我在那裡等你喔。】

記得內容是這樣。我告訴他，要移動時會再聯絡。不過，我在巴拉灣島上偷瞄手機時，發現沒收到訊息也連不上Ｗｉ－Ｆｉ。我心裡其實很不安，不曉得該怎麼辦才好。

如果一直無法聯絡，我就得在這裡等他。

「風景優美的地方，這裡大概就是最後一個啦～」

「啊，妳約了別人嗎？」

聽到佐藤同學這句話，我心頭一驚。

「為什麼——」

「因為，我總覺得綾瀨同學一直很焦慮。」

「沙季或許該把冷淡女孩的招牌卸下來嘍～」

真綾噗嗤一聲笑了出來。

冷淡……拜託別用奇怪的綽號稱呼人家。我從不認為自己有那麼冷淡。只不過，我希望自己心志堅定，不因任何事物動搖。

「反正太陽公公還在，而且這裡是公共場所，應該很安全。不過，集合時間要嚴格遵守喔。」

「我陪妳一起去，因為我也要買土產。」

「我當然有打算找妳一起去呀。那麼——就這樣嘍～」

「先走一步。」

「呃……咦，可以嗎？」

在我開口前，她們兩個已經邁步離去。聽到我的聲音，真綾轉頭豎起大拇指，並且做出這樣的嘴型。

加油。

——唉，根本就是硬來嘛。

我看著她們走向幹道，重重地嘆了口氣。

然後拿出手機看了一下。

真的。Ｗｉ－Ｆｉ連得上……

只不過，沒有未接來電，訊息也沒有更新。

我茫然地環顧四周，然後再次走回吊橋。

差不多走到橋的中央時，我停下腳步。

太陽逐漸落向天空與海洋的境界線。可能是因為附近沒有能夠比較的對象吧，它看起來小小一個。

站在橋的正中央，周圍只看得見海洋，彷彿世界上僅剩自己一人。

這裡聽得到飛鳥的叫聲，以及海浪拍打岸邊的聲音。強風偶爾吹過吊橋，導致繃緊的網子發出些許宛如擦弦的聲響。遠方海灣大船的汽笛聲，也會不時傳入耳裡。

也不知是不是這個時間觀光客都要準備離開了，沒什麼人過橋，讓我可以站在這裡發呆，聆聽各式各樣的聲音。

我望向海灘，發現那裡還看得見人群。

歡呼聲傳來。

一對男女從巴拉灣那邊走來。我連忙靠向旁邊。可能是新婚夫妻吧，兩人手牽著手相視而笑。他們說了聲：「Excuse me.」從我背後通過。當他們與我擦身而過的那一刻，我偷偷瞄了一眼，發現他們正看著我方才眺望的夕陽，似乎很感動。

太陽逐漸沉入一望無際的水平線，這景象的確不是什麼地方都看得到。

這片景色，應該會留在兩人的回憶裡吧。

離我只有數步之遙的他們，和我一樣望著西方的天空。男子摟住女子的肩膀，將臉湊過去。女子也看著他的臉，兩人就這樣——

我頓時回過神來，連忙挪開目光。

盯著人家看很沒禮貌。

就這樣你儂我儂地擁抱了一會兒後，兩人逐漸遠去，我總算能喘口氣。

我明明就在附近，他們卻毫不介意。

唉。

真的是異鄉呢……我不禁感嘆，因為這裡是國外嗎？因為那兩人是新婚夫妻嗎？還是我的價值觀太古板呢？

「真好……」

我注意到自己的嘀咕，連忙摀住嘴，然後東張西望，明明周圍一個人也沒有……應該沒有。

慾望和理性之間的平衡——也就是倫理的境界線，不管在何時何地，都是爭論的焦點。

白河水清魚難棲　田沼汙濁堪回憶

日本史課學過的半吊子知識閃過腦海。

「不過，那麼肆無忌憚也不太好」的念頭，和「說穿了，人類也是種動物啊」的感

悟，在腦中糾纏不清。

我對淺村同學還是有所顧慮。我不敢將自己的慾望強加在他身上。不，不對。我連坦承自己的慾望都做不到，因為這麼做可能等於強迫他接受。

明明已經說過要重視磨合。

如果要磨合，就得攤開自己的手牌，不能隱藏。

試著多講一點自己的狀況，就算因此被討厭也無妨。等他表明不喜歡再說。

然而，我是不是自己想太多了？

我拿著手機往回走。

回在海灘後東晃西晃，總算連上Ｗｉ－Ｆｉ。

【我在巴拉灣海灘的吊橋。希望你能來。】

為了讓他更容易找到我，我把地點定在橋上。寫的不是「等你」，而是老實說出「希望你能來」，然後發送訊息。

緊接著，訊息標上已讀，我倒抽了一口氣。

【抱歉讓妳久等了。我現在過去。】

咦？

我連忙抬起頭，但是周圍只有剛剛就在的那些人。

「現在」是指什麼時候？

我懷著一顆不安的心回到吊橋上。

逐漸沒入水平線的太陽，就像我自己。有種黑夜悄悄從背後接近的感覺，些許的不安和焦慮油然而生。

腳步聲傳來，我感受到了些許震動，於是將目光從太陽上挪開，回頭看去。

看見那個跑到上氣不接下氣的男生，我的心臟頓時縮了一下。只看輪廓，我就能認出他是誰。

滿身是汗的淺村同學跑到我身邊，氣喘吁吁地說道：

「抱歉……我遲到了……！」

看見他的身影，讓我鬆了口氣。先前的沮喪一掃而空。

到底發生了什麼事？

為什麼這麼晚？

想問的問題堆積如山，而且淺村同學一定有他的理由。理性這麼告訴我。

然而，我突然意識到，有些事只靠忍耐無法讓對方明白。

獨自等候時的不安與焦慮，我沒辦法當它們不存在。

啊，原來那個人把這些情緒都發洩在媽媽身上。

發洩、逼問、責難。

就這樣讓一切都結束。

「我等了你好久。」

我說出這句話時，淺村同學顯得很難受。令我想到以前的媽媽。所以，我立刻這麼補充：

「不過，你來了——」

說到這裡，我想起還有更重要的心意該說出口。

我靠近他，抱住他。

「見到你，我好開心。」

我們宛如融入夕陽般合而為一。

2月19日（星期五）校外教學第三天　淺村悠太

昨天的經驗告訴我，丸和吉田會早起。

還有，他們一起床就會出去探險。雖然只是跑去便利商店。

房間裡只會剩下我一個也是意料中的事。所以我事先設定了鬧鐘。

——我應該有設定才對，但鬧鐘沒響。

我看向床邊桌上的時鐘，喔，七點啊。到了吃早餐的時間呢……想到這裡，我頓時慌了手腳。

已經七點了？

還有點迷迷糊糊的我，伸出手要拿手機。

丸他們大概是想讓我睡得安穩一點而拉上窗簾，導致房間裡相當昏暗。照理說手機應該就在桌上，但是我伸過去的手沒摸到任何東西。

這就怪了。

不得已，我開燈尋找，發現手機和充電器都掉在地上。也不曉得是隨手碰下去的還是有地震。不，新加坡沒地震。也就是說，這是意外。充電線脫落，手機拿起來螢幕卻還是暗的。電池已經沒電。

這件事所代表的意義，令我十分焦急。換句話說，就算有人聯絡我、就算綾瀨同學找我，我也不會注意到——冷靜。

我重新接上充電器，將手機開機。

眼熟的商標出現，畫面隨之亮起。看見來訊通知，我的心臟猛然跳了一下。

「……原來是丸啊。」

告訴我早餐時間到了。沒有別的通知。確認ＬＩＮＥ還停留在昨晚的狀態後，我便離開房間。手機還要充電，只能把它留在房間裡。

「喔，淺村，你遲到嘍。」

「手機沒電了。」

這麼回答後，我就去吃早餐，自助式的。

我趁著吃飯時思索。這麼短的時間要充飽電很難。但是我也不能在房間裡等到它充完。雖說小組行動時間內每個人都可以自由行動，不過一個人窩在房裡，別人恐怕會以為我身體不舒服。

「丸，還有時間讓我去一趟便利商店嗎？」

「沒問題，行程沒有緊到需要一吃完飯就動身。怎麼，吃壞肚子啦？」

就算真有這種事，我也不希望你講出來。

「如果是那種很苦的藥丸，我有帶喔。」

「不，免了。沒有啦，我想看看便利商店有沒有能隨身攜帶的充電器。」

「時間上沒問題。只有往返聖淘沙島時需要大家一起行動，集合不要遲到就可以啦。」

「我知道了。」

「行動電源我倒是有帶，要用嗎？」

儘管丸這麼說，但我還是婉拒了。畢竟他也有可能臨時碰上麻煩。

「話說回來，女生呢？」

昨天早飯應該是六個人一起吃的。

丸以下巴示意我往某個方向看。仔細一瞧，差不多隔了三張桌子的地方，很多女生聚在一起不知道在商量什麼。而且，裡面似乎還有別班的學生。

「今天要和那些人一起行動？」

「好像是。」

「那就好。」

另有安排當然再好不過。

「唉呀，因為新庄很受女生歡迎嘛。」

「新庄？」

聽丸這麼說，我再度看向那群人，這才發現不止女生，其中還混了幾個男生。隔壁班的新庄就在裡面。抬起頭的他正好和我對上眼。他向我揮了揮手，我也點頭回應。

「你……你和他很熟？」

吉田一臉驚訝地問。

「這個嘛，還好啦。」

「那傢伙為什麼能夠那麼簡單就融入一群女生裡啊？真羨慕。」

「會嗎？」

相處融洽不是好事嗎？如果是我和那麼大一群人共同行動，只會提心吊膽又疲憊不堪。

「什麼『會嗎？』啊。為什麼講得好像你有女友還是成仙了一樣啊，淺村！」

「咦，不行嗎？」

「不是不行。倒也不是不行，而且這樣競爭對手就少了。可是淺村，為什麼你看得那麼開啊？該不會你真的已經有女朋友了？怎麼可能，難道你……」

我連忙搖頭。吉田這傢伙一大早的在餐廳裡嚷嚷什麼啊？

「唉。我也想和女生一起到處玩……我的青春怎麼看都是灰色的。好想牽著女友的手追逐夢幻國度的老鼠啊。」

別追啦，這樣人家很可憐耶。

「我說啊，丸。能不能從你豐富的知識裡找點咒語教教我？不用多厲害，那種能保證對方二十年後會禿頭或是有啤酒肚的就好。」

這詛咒還真具體……

「那些算不算詛咒我是不曉得啦……比方說Eko Eko Azarak、Eloim Essaim、KONOURAMIHARASADEOKUBEKIKA（此仇豈能不報）之類的。嗯，總之有很多。不過還是算了吧。」

「為什麼啊？」

「想想看，說不定哪天幸運也會降臨到你身上。如果在島上像昨天那樣偶然地和其

他組碰上，你要怎麼辦？你還有空詛咒人家嗎？」

「這種事……啊，有可能！」

吉田眼睛一亮，這人還真現實啊。

「淺村啊，這都是陽角的玩笑，別理他。」

「是這樣嗎？」

聽起來怨氣十足耶。

「記住。會老實地把慾望說出口就叫陽角。真正的陰角，根本沒有勇氣把這種事說出來。」

原來如此，好像有點道理又好像哪裡不對勁。

「…………丸也是？」

「無可奉告。」

吃完早飯，丸和吉田先回房間，我到便利商店買了攜帶型充電器，裝乾電池的那種。另外還買了不少電池，應該夠撐過今天吧。

回到房間後我確認了一下，勉強充到兩成，看樣子出發前來不及充完。還好，沒接到綾瀨同學的訊息。想來她早上也很忙吧。

我們搭公車前往聖淘沙島。

移動途中收到綾瀨同學傳來的訊息。

【可以的時候聯絡我。】

大概是找到機會能溜出去就聯絡她的意思吧。

綾瀨同學他們那組應該也和我們一樣，正在前往聖淘沙島的路上。

說不定，她們搭的那輛車就是我們的前一班或後一班。畢竟大眾運輸交通工具裡連得上Ｗｉ－Ｆｉ。

我立刻回傳訊息，不曉得她能不能收到。

就算收得到，也不曉得她有沒有辦法看。

「淺村──」

坐在我旁邊的丸突然出聲，我連忙放下手機，轉頭看他。

「什麼事？」

「雖然講了隨各人喜好自由活動，不過，你決定今天要做什麼了嗎？」

「啊，不，還沒決定耶。」

「這樣啊。嗯。我說啊……」

說著，丸看向自己的手機，手指在螢幕上滑動。

他怎麼啦？

「你土產買好了嗎？」

「咦？我想說明天再買就行了耶？」

明天是最後一天，幾乎沒有自由行動時間，基本上只剩回家。

但是，有留時間讓我們在機場買土產。我有考慮買點東西給老爸他們，不過沒有親戚住在我們家附近，用不著多買，所以我也沒想太多。

啊，是不是買點東西拿去打工地點比較好？畢竟那邊還有很關照我的前輩。

「我不是說那個。」

丸刻意壓低聲音。

「給你妹妹的啊。」

——欸？

老實說吧，我完全沒考慮過。

丸知道我家老爸再婚，也知道我有個沒血緣的妹妹。而且，直到夏天他都還以為人家是個小女孩。不過，他應該已經知道我妹妹就是綾瀨同學了……

「大家都是去同一個地方旅行，用不著買土產送她吧……」

之所以買土產，是為了和親近的人分享只屬於自己的經驗。綾瀨同學和我一樣來新加坡旅行，我實在不覺得買新加坡土產送她有什麼意義。

「應該是我用詞有問題。我是說，買個東西送人家怎麼樣？可以當回憶吧？」

「啊。」

原來是這樣啊。

這我倒是能夠理解。國中的校外教學時，我也買過木刀和怪怪的三角旗。如今回想起來，實在不曉得自己當時為什麼會衝動地買那些東西。不過，每當看見房間角落那面根本沒掛起來的三角旗，就會讓我想到當初一起旅行的同學們。

然後苦笑著說自己真傻。

兩人一起旅行的回憶啊……這種東西，說實話應該兩個人一起買比較好就是了。買點小東西當成驚喜送她或許也不錯。

我想了一下，覺得可行。

「有什麼推薦的店家嗎？」

我問丸。

「這個嘛，我和吉田接下來打算去ＵＳＳ，那邊應該園區內外都有很多店。」

ＵＳＳ就是指新加坡環球影城。我想，那裡應該是聖淘沙島最多人想去的觀光景點吧。優先考慮ＵＳＳ的學生很多，也不止丸和吉田。實際上，我們這組的女生好像也是沒多想就排了ＵＳＳ。我思考了一下。說不定，綾瀨同學也會去那裡。如果是這樣，要溜出來見面或許也會簡單一點。

以抵達島上的時間來看，很快就要吃午飯了。雖然不曉得綾瀨同學她們會在哪邊用餐，但也不能要她餓著肚子等到我倆碰面。更何況，送禮物還是帶點驚喜比較好，我希望在買到之前先保密。

稍微思索過後，我傳了個訊息給她。

【抱歉回得太晚了！我會在中午過後溜出去找妳。】

訊息立刻標上已讀。

過了一會兒，她傳訊回覆。

【不用勉強沒關係啦。等到可以見面的時候再聯絡我。】

確認內容後我轉向丸，告訴他會奉陪到ＵＳＳ。

到了環球影城入口，我和丸他們分開。

我一個人在購物中心裡逛，然而東西實在多到目不暇給。

總之我先進了速食店吃午飯，然後繼續在購物中心裡到處逛。

什麼東西適合她呢——

布偶？飾品？還是時髦一點，精油之類的？我思前想後，覺得都不對，於是從頭來過。

這次禮物的關鍵字是「回憶」。

換句話說，重點應該放在能夠讓人想起「十七歲這一年我們兩個（雖然應該是全學年）來到新加坡」。要是買ＵＳＳ土產，日後搞不好會以為當年去了大阪。這麼一來，就該買這個國家特有的……

這時候，我注意到某間疑似雜貨店的店家有賣魚尾獅鑰匙圈。雖說這東西顯然是新加坡土產，不過會不會太那個啦？感覺水準和我國中時買的三角旗沒什麼兩樣。

我默默地想了一下，決定買兩個當成保險。要是就這樣東看西看卻沒辦法做出決定，那才真的不妙。

結完帳之後，我正打算換間店精挑細選一番，手機卻突然震動。我嚇了一跳，從口袋裡把它取出來，發現是ＬＩＮＥ的通知。而且是語音對話。

對方是丸。我連忙點開。不是傳訊息，恐怕情況緊急。

「喂。我是淺──」

我話才說到一半，就被丸打斷。

『你回得了入口嗎？』

「──可以。」

我連理由都沒問就衝出店門，在購物中心裡快步穿梭。

『麻煩來一趟。有人貧血倒下。』

「誰？」

『名字我不知道。嗯，什麼──』

丸轉去和他背後的人說話。

『──好像叫牧原，隔壁班的女生。我看一堆人擠在這邊，一問之下──』

「知道了，詳情晚點再說。不要緊嗎？」

『嗯，沒有嚴重到需要去醫院──』

通話到此結束。

我看向手機，發現通話已經切斷。不知是因為他在移動，還是因為我在移動。但已經交代得夠清楚了。

我抬起頭，隔著購物中心的屋頂仰望天空。

照理說新加坡應該還是雨季，但今天偏偏是個大晴天，熱得像夏季。我的喉嚨甚至乾到隱隱作痛。

可能是中暑吧？

在加快腳步的同時，我一直盯著手機畫面。然而，沒有再收到任何通知。

我花了大約十分鐘抵達和丸他們分開的地方，丸的壯碩身軀就在閘門另一邊。他背後有群女生一臉擔心，旁邊的吉田則背著某個人。大概就是那個倒下的女生吧。

我氣喘吁吁地跑完最後幾公尺，注意到我出現的丸開口說道：

「抱歉，淺村。」

「別在意。所以說，真的不要緊？」

「嗯，剛剛讓她在有冷氣的室內休息了一會兒。有個像是主管的人跑來，不過她已經能夠回答問題，臉色也好多了。另外，也有聯絡她們班導師。」

後面的女生紛紛點頭。

「別處好像有另一個女生倒下，辻老師去那邊了……」

按照她們的說法，牧原同學似乎身子本來就比較虛。儘管已經好了不少，但她還是決定先回飯店，不再硬撐。

「對不起……」

吉田背上的她，以虛弱的聲音道歉。

我明白丸找我來的用意，點了點頭。

「陪她回飯店就行了對吧？」

「……還是由我們送她回去吧。畢竟由香是我們這一組的，不能給丸同學你們添麻煩。」

女生集團中有個人說道。

問題果然是「該由誰陪她回去」。如果陪倒下的女生回飯店，今天大概就沒什麼時間能再出來了。話雖如此，能拜託的老師一時之間也趕不過來，放她一個病人獨自回飯店又很危險。

「淺村你自己也有安排，所以我本來不太想麻煩你……」

「丸你是組長嘛……」

我們這組今天全都在USS。保險起見，丸還是留下來比較好，這樣也不至於浪費門票。幸好，我還沒入園。說穿了，我根本不用擔心浪費門票，而且沒花到什麼錢，要付計程車資綽綽有餘。

能夠理解丸為什麼會聯絡我。

「嗯……能拜託你嗎？之後再補償你。」

「別在意。」

「那麼，就由我繼續背她。淺村，幫忙拿行李吧。」

「咦？啊，吉田！」

我們還來不及攔阻，背著女生的吉田已經毫不猶豫地通過閘門。

反倒是他背上的女生顯得很慌張。

「那、那個，我可以自己走……」

「沒關係沒關係，我有練過。更何況，我都已經出來啦。丸，抱歉要丟下你一個人啦。」

「這倒是無妨……也罷。拿去吧，淺村，這是吉田的行李。還有，她的行李是哪一個？」

背後那幾個女生小心翼翼地將看似屬於牧原同學的斜背包遞過來。

裡面放了些瓶裝飲料，還有常備藥物。

其中有個似乎是組長的女生，決定陪我們一起回去。

「累的話可以換手喔？」

「沒事的，我的力氣比你大。重點是翻譯拜託嘍！」

「啊～」

對喔。英語會話。吉田這方面似乎不太行，我可能還好一點。那位看似組長的女生，感覺也不太擅長英語會話。

我們找到了計程車招呼站，地點離閘門不遠。不愧是知名景點。

「新加坡的計程車不是自動門」這個小知識我還記得，所以我為他們打開後座的門，四人就這樣上了車。直到車內的冷空氣掠過肌膚，我才總算能喘口氣。後方傳來小聲的「謝謝」，以及吉田的加油打氣。

我將飯店的地址告訴司機。

計程車沿著與來時相反的方向駛過大橋，將我們載往飯店。

搭計程車這段時間，牧原同學一再道歉，吉田則告訴她，有難時該互相幫助。

抵達飯店。多虧了丸事先聯絡，已經有教師在等我們。於是我們將後續的事交給教師處理。

因為女生住宿的樓層男賓止步。

臨別時，臉色還有點蒼白的牧原由香同學與那個當組長的女生，低下頭向吉田和我道謝。接著牧原同學便在教師與組長的陪同下回房間。

「這種時候就該讓我把她背到房間嘛。」

「喂，你那遺憾的語氣，聽起來就像是別有所圖喔。」

「哪有這回……有是有啦。」

「真的有啊……」

「算了，沒事就好。」

吉田笑著說道，我點點頭。

「所以呢，淺村你接下來要怎麼辦？」

吉田說他不想動了，打算去睡一會兒。畢竟除了搭計程車那段時間，他都背著一個女孩子嘛。辛苦了。好啦，我接下來要怎麼辦呢？

這時我突然想到一件事，連忙拿出手機。

糟糕。有訊息。而且是兩條。

綾瀨同學傳來的。

【我們接下來要去巴拉灣海灘。】

【我在那裡等你喔。要移動時會再聯絡你。】

怎麼會這樣？這是幾分鐘前的事？

「我得走了。」

「欸？」

「我回島上一趟，晚點再聯絡。丸那邊也幫我說一聲！」

「咦……喂，淺村！」

我沒理會背後傳來的聲音，急急忙忙地衝出飯店。

我啟動地圖App，查詢以最短時間趕到巴拉灣海灘的方法。

徒步要兩小時又十分——不列入考慮。

至於搭乘地鐵，或者地鐵配單軌電車……好像也要大約一小時。

「照這樣看來，還是計程車比較快……」

我又查了一下，雖然要看交通狀況，不過大約二十分到三十分就能抵達。

我在飯店前又攔了一輛計程車。

我試著拜託司機開到聖淘沙島的巴拉灣海灘。雖然不曉得能多接近海灘，不過這應該是最快的方法。反正我今天的行程只有買紀念品送綾瀨同學，身上還有錢能付——啊。

我只買了鑰匙圈！

最後我忍痛放棄買禮物。畢竟現在沒時間繞路，更重要的是，綾瀨同學已經在等了。

我的視線在窗外風景和手機之間來來回回。

Ｗｉ－Ｆｉ……連不上啊。

綾瀨同學傳的訊息，只到她在巴拉灣海灘，之後就沒有更新。

她還在那邊嗎？

或者，已經移動了呢？

不曉得實際狀況如何，但現在也只能趕路了。

時間飛快地流逝。車子明明暢行無阻，卻感覺開得好慢。跨越通往聖淘沙島的橋需要這麼久嗎？

登島後，車繼續行駛，ＵＳＳ出現在我的右手邊。

司機問了個問題。

我盡可能在腦中把聽到的英語翻成日語。沒想到和綾瀨同學的英語會話模擬訓練會在這種時候派上用場。我想，他問的大概是「要開到海灘的哪裡」……應該吧。

『開到能看見海灘為止。』

『已經看得見嘍。』

欸？

我順著司機所指的方向看過去。蜿蜒道路的前方是藍天，與地面相接處顏色稍微深了點。是海。

『那麼，沿著這條路往前開。看到能看清楚為止。』

司機點點頭表示了解。

那片藍色海洋愈來愈大。

車到了路的盡頭，於是我在這裡下車。我將車資尾數進位後付給司機，走到旁邊的小徑上，接著再次確認手機。還好。這裡勉強連得上Wi－Fi。還沒收到新的訊息。

總而言之，為了說明目前的狀況，我得先告訴丸我要去哪裡。他應該不曉得我回到飯店後又跑來島上，照理說也不可能知道我要和綾瀨同學見面，搞不好會擔心。

我克制住飛奔去找人的衝動，先讓丸知道我目前身在何處，接著再次確認綾瀨同學有沒有傳訊息過來。如果她已經移動，我還得再趕過去……

就在這一刻，訊息闖入我的眼裡。

【我在巴拉灣海灘的吊橋。希望你能來。】

我連忙傳訊回應。

【抱歉讓妳久等了。我現在過去。】

然後衝向目的地。

一個日本的高中男生，拚命地沿著小徑往海洋的方向奔跑，目的還是趕往女同學身邊，周圍的人看在眼裡會有什麼感想呢？一想到這裡，我就為自己拉低了水星高中的評價而深感抱歉。

口袋裡的手機傳來震動。我邊跑邊把手機掏出來看。

是丸。

大概是接到吉田的聯絡才傳訊息過來吧。內容只有一行字。

【有戀人的傢伙都是這樣，別在意。我才該為了麻煩你而道歉。】

看見「戀人」兩字用得很篤定，我不禁「咦」了一聲，然而現在沒時間要求丸解釋。我把手機塞回口袋，繼續向前奔跑。

我想起綾瀨同學的訊息。「希望你能來」，她還是第一次講得這麼直接。

一想到她講這句話時可能抱著怎樣的心情，我就無法停下腳步。

情侶都是這樣。

我不曉得這句話是真是假。但是，因為想在別人面前當好人而冷落綾瀨同學，再怎麼說都不對吧？

我奔向巴拉灣海灘。

愈接近那片白沙灘，人就愈多。

我追過拉著節目主持人走的當地老人，又追過看似觀光客的年輕男女，引來他們的回頭。我能感受到背後的目光，但已經不會放在心上。擦身而過的人裡，說不定就有我的同學。即使奔跑被看見導致他們起疑甚至因此曝光，也無妨。

我和沙季約好了。

最熱的時段已過，所以我勉強還能跑到底。

當我抵達沙灘時，太陽正要沉入西方的海裡。

吊橋……在哪裡？

我東張西望，發現右邊有一條往小島延伸的細線。

緊貼著海面，從海濱連往小島。

遠遠望去是一條從海面上劃過的線，靠近後就能看出是一座吊橋。橋中央有個熟悉的少女身影。

吊橋邊緣遭到樹林遮蔽，然而一跑進林中就看不到橋了。前方的白色沙灘上還有些許觀光客，但是沒人要去那座小島，只剩下指出吊橋方向的路牌旁邊有個引路人。他對我說了類似「歡迎，過橋時要小心喔」的話──應該吧。我向他道謝，然後繼續前進。

我總算抵達吊橋所在處。

站在橋中央眺望落日的女孩轉過頭來。那明亮的短髮，在對岸小島的綠意襯托下閃閃發光。她看著我。我和她的視線相交。

我邁開步伐想跑過去，卻感受到自己施加在木板上的力量化為衝擊往外延伸。

儘管有點可怕，我還是加快了腳步。

吊橋回以充滿節奏感的足音，些許震動自腳下傳來。儘管幅度很小，但橋確實在搖晃。

沙季臉上的驚訝瞬間轉為笑容，接著她低下頭。

我終於抵達她身旁。

「抱歉……我遲到了……！」

她抬頭看向我。

「我等了你好久。」

說這句話的同時，她瞪著我。光是這樣，就能看出她在生氣。正所謂，眼睛比嘴巴更會說話。奈良坂同學說有些東西無法透過翻譯App傳達，的確沒錯。

那個時候，眼前的她用表情傳遞的訊息，是否也比言語還要多？

但是，那不高興的眼神很快就消失無蹤。她別過頭去。

「只有我在宣洩自己的情緒，這樣很奸詐對吧？」

「不，聽到妳明明白白地說出來，我很開心。」

我往她走了一步。看見那嬌小的肩膀在顫抖，能感受到她有多寂寞。

於是我把手放到她肩上，輕聲向她道歉。她搖了搖頭。

「不過，你來了——」

說到這裡，她也向我這邊走了一步。

她的雙臂摟住我。

「見到你，我好開心。」

她將臉埋進我的胸口。我也伸出雙手輕輕環住她。

接著她抬起頭。那對水汪汪的眼睛離我僅有數公分。我們相視點頭，之後不再多想。

除了她的耳環在夕陽映照下發出些許光芒之外，我什麼都不記得。

嘴唇交疊。

我和沙季吻了好久好久

2月20日（星期六）校外教學第四天（最後一天）　淺村悠太

樟宜國際機場一早就在下雨。

銀色水滴自灰色天空灑下，彷彿要彌補前幾天沒下到的份。

話雖如此，但雨勢並未大到影響飛機起飛，我們就像來時一樣，從候機室開始移動。

穿過登機門，搭上飛機。

連座位安排都和來時一樣或許純屬巧合，然而從機窗望見的天空卻和來時完全不同。應該說，根本看不見天空。雨打在窗上，隔著水滴難以看清外面風景。

我把體重交付給座椅，呆呆數著後玻璃彼端流動的水滴，這時旁邊有人開口。

「你還真從容啊。」

「現在就算真的墜機，我死後大概也能成佛吧。」

「騙子。」

「居然講得這麼肯定。」

「我敢打賭，你就算直接找上閻羅王談判也會被他趕回去。」

「以下地獄為前提啊？」

「要是吉田知道，鐵定會這麼講吧。」

說著，丸瞄了旁邊一眼。

回程的四排座順序和來時一樣，從窗邊算起依序是我、丸、吉田。吉田一直和他旁邊的人聊個不停——

「說是這麼說，不過他看來也很開心。」

我壓低聲音說道。嗯，理由不難猜到。不出所料，丸也壓低聲音告訴我答案。

「因為他好像和人家交換了ＬＩＮＥ。」

畢竟他很辛苦嘛。有這點好處也是應該的吧——丸補充。

「既然如此，就不需要講得那麼難聽啦。」

「我說啊。你想聽聽世界上最有名的遊戲旅店老闆台詞嗎？」

「那是什麼啊？」

「昨晚過得很愉——」

「我沒拖到那麼晚吧。」

我的聲音似乎比自己所想的還要大。連隔了一個座位的吉田也轉頭看我。

丸的想像實在令人遺憾。這就叫做以小人之心度君子之腹啊。

在那之後，我和綾瀨同學只是默默地一起看著夕陽落入海中，然後就乖乖回去了耶……

話說回來，從丸的口氣來看，我和綾瀨同學的關係顯然已經穿幫。他還直接說是「戀人」。

看見丸瞇起眼睛，我輕咳一聲。

「所以說，實際上怎麼樣啊？」

果然還是逃不掉這個話題啊。

話雖如此，但這種事也不能在周圍到處都是人的飛機上大聲宣揚。為了不讓其他人聽懂，我含糊其詞地說道：

「嗯……總之順利見到面啦。」

「這我知道。」

聽他回得乾脆，我也點了點頭。不過仔細一想，還是會讓人有點疑惑——為什麼他

會曉得我們有見到面？我根本沒說過約在巴拉灣海灘見面的是綾瀨同學。他是從哪裡聽來的？總不可能是綾瀨同學講的。

「可以問一下你為什麼會知道嗎？」

「不能透露委託人的相關資訊。」

「哪來的偵探辦公室啊？」

「唉呀，順利就好。總算肯承認了是吧？」

「嗯……」

回程我和綾瀨同學聊了一下。她滿懷歉意地告訴我，奈良坂同學已經發現我們的關係。而我這邊顯然也已經被丸發現了，所以我告訴她，彼此彼此。

於是我們有了結論，不要再刻意隱瞞這件事。

我們之間的關係，或許不是什麼能到處宣揚的事，但就算是這樣，仍舊不該一味隱瞞。

既是沒血緣的兄妹也是情侶，這種關係相較於世間一般的情侶無疑有些不同。即使如此，我們仍舊走到了彼此都不願再回頭的地步。

我們都已感受到，在橋上相擁時對方帶給自己的溫暖，是多麼珍貴。

「凡事都會在該安定的地方安定下來。」

「瞧你講得像個預言家一樣。我本來可沒想到會變成這樣喔？」

「是嗎？也罷。現在加溫，到了大考時差不多就穩定下來啦。」

丸一副「所以才要在你背後推上一把」的口氣。所以我完全掉進水星高中棒球社正捕手大人訂立的遊戲計畫了是吧？雖然我毫無自覺就是了。

「我想你應該明白，要適可而止喔。畢竟從四月起我們就是考生了嘛。」

還適可而止呢，你到底把我和綾瀨同學當成什麼人啦？

「你又不是我媽。」

「我的摯友看起來很冷靜，不過要我來說啊，只是過去的經驗踩了剎車而已。你還是別得意忘形比較好。」

「是是是。」

「欸欸，你們在講什麼啊？」

吉田轉過來問道。

「我幫了淺村一個忙，讓他能專心念書。」

「唔。你們已經在擔心那種事啦？」

「吉田……我說啊，再過一個月，大家都是考生了耶？」

丸這麼一講，吉田當場沮喪地垂下頭。

「我想忘記這件事啊……」

「很遺憾，時間的流動不會停。」

就在從預言家轉職為賢者的丸以嚴肅語氣這麼宣告時，機身晃了一下。跑道上的飛機開始在雨中奔馳。

雨滴橫向劃過窗戶。

在我感受到加速的瞬間，飛機已然奔向天空，鑽進漆黑的雲層裡。機身晃動比來時更加劇烈。允許鬆開安全帶的指示燈始終沒有亮起。

「難得來到異鄉，卻沒辦法記住它臨別時的模樣，真遺憾啊。」

丸惋惜地說道，吉田則是一派輕鬆地補了一句。

「再來一次不就好了嗎？」

聽到這句話，我在內心表示同意。

希望改天還能再來。

和綾瀨同學一起。

飛機突破漆黑的雲層，飛上藍天。安全帶指示燈亮了。

下方勉強能看見新加坡島的海岸線。

回程途中我沒睡著，也因此總算如願以償吃到了飛機餐。

抵達日本時，已經是傍晚時分。

在機場解散後，我和綾瀨同學在車站會合，一起搭電車。

由於是傍晚，所以電車裡的乘客比來時多，不過我們是在折返點上車，所以有位置能坐。

電車晃了一下後啟動。

我們兩個都已疲憊不堪，呵欠連連，幾乎沒有交談。

突然，我感覺肩上有重量，於是轉頭看去。

綾瀨同學把頭放在我的右肩上，已經睡著了。以前見過她打盹，但是從這麼近的距離看她不設防的睡臉，或許還是第一次。

她髮絲上的香氣，撩撥我的鼻子。啊，她的睫毛好長啊——我不禁在意起這種小地方。

規律的呼吸，隨之緩慢起伏的胸口。她的心跳聲，彷彿能透過那副靠著我的身軀傳來，我的心跳在不知不覺間加快。發現自己的心跳愈來愈快，說不定會反過來傳到她那邊，令我暗暗焦急。

這麼說來，就連回老家那幾天睡在同一個房間時，也因為被子鋪得遠，所以我沒有正面看過她的睡臉。

毫無防備的睡臉。

這表示彼此的距離已在不知不覺間縮短，令我無比開心。

——要我來說啊，只是過去的經驗踩了剎車而已。

丸那句話在我腦中迴盪。

剎車嗎……

若要問我是否也像她那樣敞開了心胸，我實在無法回答。是不是該對她更坦誠一點呢……有時像這樣撒撒嬌，或許也很重要。

電車的震動，以愜意的節奏搖晃我們的身軀。

如果把一切都託付出去，應該能換得安寧吧。

2月20日（星期六）校外教學第四天（最後一天）　綾瀨沙季

之後只剩回家。

在免稅店買完東西之後，我趁著還沒開始辦理登機手續的些許空檔，嘗試連上YouTube。

我試著用英文搜尋梅莉莎．吳，找到了她的頻道。影片裡就是她。訂閱人數是837人——不，838人，因為我剛剛訂閱了。我連這種人數是多還是少都不曉得。畢竟我從來沒有為了追星而去訂閱歌手的頻道。

只能說，如果梅莉莎的歌以影片形式公開，就會有八百人來聽。

大約有水星高中三個學年全部加起來那麼多。

我連去卡拉OK在好幾個人面前唱歌都會緊張。這麼說來，她就算在大型餐廳的舞台上都能大大方方地唱歌呢。

我看著她公開的那些影片。從日期來看，大約每三個月會上傳一首樂曲，頻率始終不變。我試著聽了幾首，感覺每一首都唱得很細膩。儘管從那奔放的言行實在難以想像，不過她對於音樂應該很認真。最新的歌曲，看時間是前天深夜才上傳的，也就是說和我分別後她其實都忙於作業。明明告訴我要徹夜看動畫的。

和她相遇，讓我知道尋找心靈的避風港有多麼重要，給了我敞開內心的力量。我在留言欄以英語寫著「我應該不會憋壞自己了。謝謝妳給我勇氣」。

這樣的留言，可以看成聽完歌的感想，也可以看成別的。

她能不能從名字「saki」發現是我呢？沒發現也無妨就是了。

「沙季～差不多該移動嘍～」

聽到真綾的聲音，我抬起頭。

混在班上同學隊伍裡的真綾，蹦蹦跳跳地揮著手。

我不禁苦笑，然而不可思議的是，我並不覺得這樣有多難為情——不，還是很難為情。雖然不需要做到那種程度，但我或許真的太在意周圍的目光了。

大家在成田機場解散。

我立刻用ＬＩＮＥ聯絡淺村同學，然後在車站和他會合。

2月20日（星期六）校外教學第四天（最後一天）　綾瀨沙季

上了電車，我和他並肩而坐。

我們有一搭沒一搭地聊著彼此的旅行回憶。開心的事、有點尷尬的事……還有我們這趟旅行最後的回憶——在巴拉灣海灘吊橋上看的夕陽，好美。

逐漸下沉的太陽，將水平線照得像鏡子一樣閃閃發亮。原本該是藍色的海水，映照天空的晚霞後泛起紫色的光輝。相擁的我們，看著海洋的顏色逐漸消褪。

他和我都很累，所以對話斷斷續續，到後來我連自己在講什麼都不知道了。

開著暖氣的車廂裡很舒服，椅子也很暖和，讓人忍不住打起瞌睡。

我的左肩與他的右肩相碰。他的熱度就從這裡傳來。

感受到淺村同學的體溫，讓我漸漸無法抵擋睡魔的侵襲……突然有人把我搖醒。

「下車嘍。」

「啊，抱歉。」

我一時慌了手腳而勾到行李箱，差點跌倒。如果不是淺村同學扶我一把，搞不好我會在門前摔一跤。

我面紅耳赤地拖著沉重的行李箱。真是丟臉。而且，我居然靠在他肩上一路睡到下車。

走出澀谷站剪票口時，天色已經暗下來了。

週六的站前擠滿了人，大概有很多人要玩個通宵達旦吧。我和淺村同學一邊避開人群，一邊沿著熟悉的路走向熟悉的家。

走著走著，我突然想起自己剛剛在電車上睡得毫無防備的事，覺得非常尷尬，甚至冒汗了。

他在轉乘點叫醒我時，一定有看到我的睡臉。而且我醒來時嘴角好像有口水。雖然不覺得淺村同學會一直盯著我看，但我實在沒想到會讓他看見自己這麼不設防的模樣。

已經沒臉見他了。

……唉，畢竟要回同一個家，這根本不可能。

看見那棟很高的公寓，讓我鬆了口氣。

「到家了呢。」

「辛苦了。雖然累，但是很開心。」

「是啊。」

我和淺村同學相視而笑。

真的回來了呢。回到我們生活的地方。

我們一起走過自家大門。

太一繼父今天休假、媽媽還沒出門上班，所以兩人都在家裡迎接我們。

回來啦、辛苦了。

我們則是「我們回來了」。

淺村同學和我的距離，比三天前走出家門時更近。儘管近到幾乎要貼在一起，但是不會再刻意拉開距離。

我們已經下定決心。

要保持自然。

「我們回來了，媽媽、爸爸。」

我們齊聲說道。

兩個行李箱上的魚尾獅鑰匙圈，正以同樣的節奏搖擺。

既是「兄妹」，也是「情侶」的兩人

珍惜能夠接受彼此這段關係的群體——悠太與沙季見識到了這種新的價值觀。

兩人的關係看似一帆風順，但是春假過後，升上三年級的兩人再次面臨重大變化。

用一年逐漸拉近距離的兩人，為了重新審視彼此過於親近的關係而「磨合」——

摸索理想的距離

重新分班、在同一個教室裡生活、考試與未來規畫、成為家人一週年的紀念日。

戀愛生活小說　第8集

《義妹生活》第八集　預定發售！

因為女朋友被學長NTR了，我也要NTR學長的女朋友 1~3 待續

作者：震電みひろ　插畫：加川壱互

餘情未了？別有所圖？
以選美比賽為舞台，前女友即將展開報復？

在蜜本果憐的安排下，燈子被迫參加校內選美大賽，卻意外陷入苦戰。優提議以燈子罕為人知的可愛一面來博取支持，結果又是做菜又是穿泳裝，甚至還得展現令人難以想像的一面？兩人被前女友來襲的狀況耍得團團轉，戀情究竟會如何發展？

各 **NT$220~250/HK$73~83**

身為VTuber的我因為忘記關台而成了傳說 1~5 待續

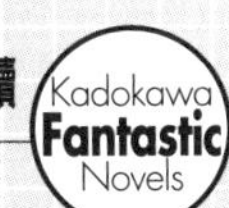

作者：七斗七　插畫：塩かずのこ

衝擊的VTuber喜劇，
熱鬧慶祝週年的第五集！

淡雪著手籌備接著即將到來的「三期生一週年紀念」活動，然而……活力充沛的好孩子小光居然因為努力過頭，把喉嚨操壞了？儘管小光說什麼都不願乖乖休息，但在淡雪將「觀眾的心聲」傳遞過去後，她的心境也逐漸起了變化——

各 **NT$200~220/HK$67~73**

國家圖書館出版品預行編目資料

義妹生活 / 三河ごーすと作 ; Seeker 譯 . -- 初版 . --
臺北市 : 臺灣角川股份有限公司 , 2023.10-
冊 ; 公分 . -- (Kadokawa fantastic novels)
譯自 : 義妹生活
ISBN 978-626-378-049-1(第 7 冊 : 平裝)

861.57 112013280

Kadokawa
Fantastic
Novels

義妹生活 7

(原著名：義妹生活 7)

2023年10月18日　初版第1刷發行
2024年8月27日　初版第3刷發行

作　者：三河ごーすと
插　畫：Hiten
譯　者：Seeker

發 行 人：台灣角川股份有限公司
總　　監：呂慧君
總 編 輯：蔡佩芬
主　　編：林秀儒
編　　輯：邱瓈萱
設計指導：陳晞叡
美術設計：李思穎
印　　務：李明修（主任）、張加恩（主任）、張凱棋、潘尚琪

發 行 所：台灣角川股份有限公司
地　　址：104台北市中山區松江路223號3樓
電　　話：（02）2515-3000
傳　　真：（02）2515-0033
網　　址：www.kadokawa.com.tw
劃撥帳戶：台灣角川股份有限公司
劃撥帳號：19487412
法律顧問：有澤法律事務所
製　　版：巨茂科技印刷有限公司
ＩＳＢＮ：978-626-378-049-1